오늘의 놀이가 시작되었습니다

© 2024 글 김태호 · 그림 이영림

초판인쇄 2024년 11월 8일 | **초판발행** 2024년 11월 18일

글쓴이 김태호 | **그린이** 이영림 | **책임편집** 정현경 | **편집** 강지영 이복희 | **디자인** 김성령

마케팅 정민호 서지화 한민아 이민경 왕지경 정경주 김수인 김혜원 김하연 김예진

브랜딩 함유지 함근아 박민재 김희숙 이송이 박다솔 조다현 정승민 배진성

저작권 박지영 형소진 최은진 오서영 | **제작** 강신은 김동욱 이순호 | **제작처** 더블비(인쇄) 천광인쇄사(제본)

펴낸곳 (주)문학동네 | **펴낸이** 김소영 | **출판등록** 1993년 10월 22일 제2003-000045호

주소 10881 경기도 파주시 회동길 210 | **전자우편** kids@munhak.com

홈페이지 www.munhak.com | **카페** cafe.naver.com/mhdn

북클럽 bookclubmunhak.com | **트위터** @kidsmunhak | **인스타그램** @kidsmunhak

대표전화 (031)955-8888 | **팩스** (031)955-8855

문의전화 (031)955-3576(마케팅) (02)3144-3239(편집)

ISBN 979-11-416-0809-5 73810

잘못된 책은 구입하신 서점에서 교환해 드립니다. 기타 교환 문의: (031)955-2661, 3580

어린이제품 안전특별법에 의한 기타표시사항 제품명 도서 | 제조자명 (주)문학동네 | 제조국명 대한민국 | 사용연령 9세 이상

오늘의 놀이가 시작되었습니다

김태호 글 | 이영림 그림

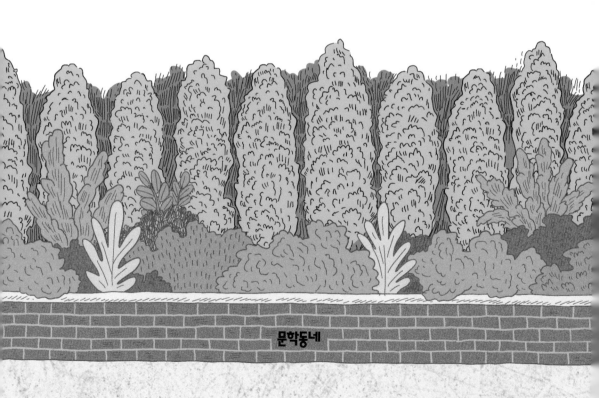

문학동네

오늘의 놀이, 시작!

푸드덕!

비둘기 한 마리가 놀이터 위로 날아올랐다. 나무로 둘러싸인 놀이터는 비둘기 날갯짓 소리가 들릴 정도로 조용했다. 놀이터에 아무도 없는 건 아니었다.

미끄럼틀 아래 대여섯 명의 아이들이 모여 있었다. 아이들은 소곤거리는 말소리가 새어 나가지 못하게 머리를 단단히 맞대었다.

"윤아야!"

놀이터 입구에서 들려온 소리였다. 드디어 시작이었다.

아이들은 각자의 위치로 뛰어갔다. 태민은 미끄럼틀 위 본부로, 해라와 시후는 정자 뒤로, 다른 아이들은 벤치와 화단 뒤에 숨어 몸을 바짝 낮추었다. 윤아만 입구 쪽으로 천천히 걸어갔다.

"할아버지, 선 안으로 들어오면 안 돼."

윤아가 손가락으로 바닥을 가리켰다. 놀이터 입구 모래에 물로 그어진 선이 있었다. 윤아 할아버지의 슬리퍼가 그 선을 밟고 있었다.

"얼른 가야지. 너 학원 늦는다."

윤아는 할아버지 말을 무시하고, 본부가 있는 미끄럼틀로 뛰어갔다.

"윤아야!"

놀이터 경계선 안으로 할아버지가 쫓아 들어왔다. 그 순간,

찌이익!

무언가 빠르게 날아와 할아버지의 얼굴을 때렸다.

"어이쿠, 이게 뭐야!"

할아버지는 볼을 타고 흘러내리는 것을 손바닥으로 닦았다. 물이었다. 주춤하는 사이, 다시 물줄기가 날아왔다. 이번에는 손으로 얼굴을 가렸지만, 휑한 머리 위로 떨어진 물줄기가 넓은 이마를 타고 계속 흘러내렸다. 훅훅훅. 할아버지는 가슴을 들썩이며 콧김을 뿜어 댔다.

"어머머머!"

이제 막 놀이터에 온 시후 엄마가 그 장면을 보고 놀라 소리쳤

다. 시후 엄마는 얼굴을 찡그리며 놀이터 안으로 들어갔다.

시후 엄마의 검은 구두가 경계선을 넘어섰다.

찌익!

어김없이 물총이 발사되었다. 해라와 시후가 쏜 물총이었다.

"어머, 얘들아, 왜 이래! 시후, 너 이리 안 와?"

시후 엄마는 손으로 얼굴을 가리며 시후에게 다가갔다.

카앙 캉캉캉!

그때 치와와와 말티즈가 시후 엄마를 향해 달려들었다. 덩치는 조그마했지만 기세가 대단했다. 시후 엄마는 뒷걸음치다가 발이 꼬여서 넘어질 뻔했다. 할 수 없이 얼른 돌아서서 경계선 밖으로 도망쳐 나왔다. 해라네 집 개들은 해라 말을 잘 들었다.

윤아 할아버지와 시후 엄마는 서로 얼굴만 쳐다볼 뿐이었다.

마침 놀이터 앞을 지나던 태민 아빠가 자전거를 멈춰 세웠다. 자전거 짐받이에는 밀가루 포대가 실려 있었다. 흰 조리복을 입은 태민 아빠는 놀이터 근처 빵집 주인이었다.

"태민 아빠, 애들이 놀이터를 차지하고 못 들어가게 해요!"

시후 엄마가 다급하게 말했다.

"그게 뭔 말이래유?"

태민 아빠가 물로 그은 선 안으로 발을 디뎠다.

딱! 따닥! 딱딱!

"으아악! 이게 뭐여."

태민 아빠는 폴짝폴짝 뛰며 뒤로 물러났다. 바닥에서 작은 불꽃이 일어나며 콩알탄이 터졌다.

이 모습을 놀이터 밖에서 팔짱 끼고 지켜보는 이가 있었다. 수업이 끝나면 늘 학교 주변을 돌며 아이들을 살피는 교감 선생님이다. 교감 선생님의 기다란 인조 속눈썹이 부르르 떨렸다. 분명 자신의 학생들이었다. 버릇없는 행동에 실망하여 목 아랫부분이 붉으락푸르락해지고 있었다.

더 이상 참지 못하고, 교감 선생님은 경계선을 넘어섰다.

"애들앗!"

구둣발로 바닥을 쿵! 구르며 소리쳤다.

"학교에서 이렇게 가르쳐……어푸루파 풉푸!"

교감 선생님 입안으로 물줄기가 들이쳤다. 곧이어 물풍선까지 날아와 교감 선생님 머리에서 터졌다.

"에푸 에푸!"

교감 선생님은 경계선 밖으로 도망쳐 나왔다. 교감 선생님의 속눈썹에 물인지 눈물인지 모를 방울이 대롱거렸다. 분한 마음에 부들부들 온몸을 떨었다.

어른들은 일단 물러났다. 놀이터는 **빽빽**한 나무들로 둘러싸여 입구가 하나뿐이다. 나무 사이로 안을 살펴봤지만, 아이들은 모두 놀이기구 뒤에 숨어 잘 보이지 않았다.

"너희들, 장난이 너무 지나치다!"

교감 선생님 목소리가 갈라졌다. 아이들은 아무 대답이 없었다.

조금 뒤, 미끄럼틀 본부 위로 기다란 막대가 세워졌다. 그 위에 흰 깃발이 펄럭였다.

"깃발? 훗!"

시후 엄마가 코웃음을 쳤다. 조금 전에는 갑작스러운 상황이라 당황했지만, 이제 정신이 들었다. 날카로운 눈빛으로 주위를 살폈다. 때마침 미끄럼틀 본부로 올라가는 시후가 보였다.

"너, 공부하기 싫어서 이러는 거야?"

시후 엄마는 소매를 걷고 바짓단을 조심스럽게 접었다. 아끼는 새 옷이었다. 시후를 학원에 보내고 약속에 나갈 생각이었다. 약속 시간에 맞추려면 서둘러야 한다. 시후 엄마는 과거에 육상 선수였다. 바람처럼 달려가서 끌고 내려오면 그만이었다.

시후 엄마는 긴 다리를 번갈아 쭉쭉 하늘 위로 뻗어 올렸다. 뾰족한 구두 앞코를 바닥에 대고 빙빙 돌리며 발목을 풀었다. 구두를 벗을까 싶었지만, 아이들을 맨발로 상대하기에는 자존심이 허

락하지 않았다. '내 실력을 보여 주지!' 눈썹을 꿈틀거리며 미끄럼
틀을 노려보았다. 오랜만에 심장이 두근거렸다.

"출발!"

찌익!

물줄기가 날아왔다. 시후 엄마는 가볍게 몸을 비틀어 물을 피
했다. 치와와와 말티즈가 달려들었지만 긴 다리로 훌쩍 뛰어넘었
다. 조그만 개들은 시후 엄마를 올려다보며 짖어 댈 뿐이다. 공중
부양을 하듯 시후 엄마의 몸이 한참 허공을 날았다.

'난 여전히 멋져!'

시후 엄마는 스스로 만족하며 바닥에 발을 디뎠다. 그 순간,

쑤욱!

구두가 물컹거리는 진흙 구덩이 속으로 빠져 버렸다. 아차 싶었지만, 이미 몸이 중심을 잃고 바닥으로 고꾸라졌다. 새 바지가 진흙 범벅이 되었다.

"꺄아아아!"

시후 엄마는 들어갈 때보다 더 빠르게 달려 놀이터를 빠져나왔다. 멈추지 않고 그대로 집으로 달렸다. 시후 학원이고 뭐고, 일단 새 바지와 구두를 살려야 했다. 진흙 함정은 건축가가 꿈인 태민이가 물과 모래의 적절한 비율과 위치를 계산해서 만든 것이었다.

"큰일 났음. 좀 도와줘."

시후 엄마는 달리면서 누군가에게 전화를 했다. 울 것 같던 표정은 점점 승리를 예감하는 미소로 바뀌었다.

어느덧 저녁 어스름이 깔리고, 놀이터 앞에 더 많은 어른들이 모여들었다. 심각성을 깨달은 어른들이 놀이터에서 아이들을 끌어내기 위해 머리를 맞대었다.

"애들이 지금 게임을 하는 것 같아요. 저기 깃발 보이죠? 저 깃발을 빼앗으면 될 것 같은데……."

교감 선생님이 아직 축축한 머리를 쓸어 넘기며 말했다. 모두 고개를 돌려 미끄럼틀 위에 펄럭이는 깃발을 보았다.

"한꺼번에 들어가요. 우산 가져왔죠?"

태민 아빠의 눈빛이 반짝였다.

어른들은 어떻게든 미끄럼틀까지만 가면 되리라 생각했다.

"얘기 듣고 제가 준비해 왔어요."

해라 엄마가 커다란 파라솔을 내밀었다. 해라네 편의점 앞에 세워 두었던 것이다. 태민 아빠가 파라솔을 펼치자 하늘이 다 가려졌다. 어른들이 그 안으로 모여들었다. 파라솔을 방패처럼 내세우고, 경계선 안으로 발을 디뎠다.

"발사!"

본부에서 바깥 상황을 살피던 시후가 소리쳤다.

피요용!

풍선들이 큰 포물선을 그리며 날아왔다.

팡!

요란한 소리와 함께 풍선이 터지며 물이 사방으로 튀었다. 파라솔로 막아 보았지만 발밑으로 떨어지는 풍선에는 소용없었다.

"으아악!"

"어머머."

어른들의 치마와 바지에 얼룩이 들었다. 물풍선 안에는 여러 색의 수채화 물감을 풀어 놓은 물이 들어 있었다. 그림을 좋아하는 윤아가 여느 때보다 정성 들여 신비로운 색을 만들어 냈다.

바닥에서는 콩알탄이 딱따닥 딱딱 불꽃을 튀겼다. 태민 아빠가 놀라서 넘어지는 바람에 파라솔을 놓치고 말았다. 어쩔 수 없이 어른들은 다시 후퇴했다.

"내가 나서야겠구먼."

긴 그림자 하나가 놀이터 입구에 드리웠다. 시후 아빠였다. 시후 엄마의 전화에 일을 마치자마자 놀이터로 달려온 것이다. 190센티미터나 되는 키, 곰 같은 덩치, 쫙 달라붙는 청바지와 러닝셔츠 차림에 울퉁불퉁 근육이 그대로 드러났다. 시후 아빠가 두꺼운 가슴을 둥둥 북처럼 쳤다.

"너희들, 어서 나와라."

굵은 목소리에는 여유가 넘쳤다. 시후 아빠의 운동화가 이미 경계선을 짓누르고 있었다. 흩어져 있던 아이들이 모두 본부로 모였다.

"이제 그만하자. 아저씨 바쁜 사람이거든."

아무 반응이 없자 시후 아빠는 한 발 한 발 미끄럼틀로 향했다. 아이들은 조용할 뿐이었다.

미끄럼틀 아래까지 도착한 시후 아빠는 펄럭이는 깃발을 올려다보았다. 뒤에서 지켜보던 어른들이 깃발을 뽑으라고 소리쳤다. 시후 아빠는 미끄럼틀 계단을 올라 본부 안으로 들어가려 했다. 그런데 본부로 들어가는 문이 좁았다. 한껏 웅크려 간신히 얼굴과 몸을 반쯤 욱여넣었다. 시후와 아이들이 안쪽 구석에 쪼그리고 있었다.

"어린이 여러분, 이제 그만 집에 돌아갑시다."

시후 아빠는 몸을 더 억지로 밀어넣으며 손을 뻗었다. 그 순간, 문에 몸이 꽉 끼었다. 시후 아빠는 뭔가 잘못되었다는 걸 직감했다. 억지로 넣는 게 아니었는데, 후회해도 이미 늦었다. 몸을 움직여 보지만 들어갈 수도 나갈 수도 없었다. 문밖에 커다란 엉덩이를 내놓고 꼼짝도 못 하게 되었다.

그때 본부 바닥에서 하얀 것들이 찍찍 소리를 내며 움직였다.

"허억!"

시후 아빠가 제일 무서워하는 생쥐였다. 화들짝 놀라 온몸에 힘이 들어갔는데, 찌익 소리가 났다. 바지 엉덩이 골이 터져 버렸다. 찢어진 바지 사이로 빨간 팬티가 드러났다.

놀이터 바깥에서 엄마들의 비명이 터졌다. 윤아 할아버지의 넓은 이마가 팬티만큼 빨개졌다. 당황한 시후 아빠는 낑낑거리며 몸을 비틀었다. 뽁! 몸이 뒤로 빠지더니 플라스틱 계단으로 쿠궁쿵 굴러떨어졌다.

찍찍!

흰 생쥐는 움직이는 장난감이었다.

빨간 팬티 시후 아빠가 절뚝이며 놀이터 입구로 돌아왔을 때, 마침 또 다른 어른들이 도착했다. 어른들이 전화 찬스로 불러낸 구원병들이었다. 휴가 나온 군인 조카, 시의원 친구, 그리고 굴착기를 모는 동생까지 달려왔다. 굴착기 동생은 다행히 굴착기를 타고 오 진 않았다.

"너희들 혼 좀 나야겠다."

어른들이 다시 하나로 뭉 쳐 놀이터로 들어서려 했 다. 그때,

툭!

놀이터 안으로 가방 하나가 날아들었다. 가방에는 '노라라 피아노학원'이라 적혀 있었다.

툭! 툭!

'답답 수학학원' '오든말든 영어학원' 가방 들이 뒤따라 놀이터 안으로 던져졌다. 이내 놀이터를 둘러싼 나무 틈을 비집고 아이들이 기어들었다. 점점 더 많은 아이들이 미끄럼틀 본부 아래로 모여들었다.

"친구 찬스!"

아이들도 친구가 있었다. 미끄럼틀 아래에 벌써 스무 명 남짓의 아이들이 모였다.

"다친다. 얘들아."

"여기서 그만두면 없던 일로 해 줄게."

몇몇 어른들이 부드럽게 말했다.

"짜장면도 사 주고!"

"빵도 맘껏 먹게 해 줄겨!"

"게임 두 시간 허락한다."

어른들은 협상 조건들을 내던졌다. 아이들은 대답 없이 깃발을 이중 삼중으로 막아섰다.

"뭐야! 끝까지 깃발을 지키겠다고?"

"그래? 그럼 깃발만 뺏으면 된다, 이거지?"

어른들은 깍지를 끼고 팔을 뻗으며 몸을 풀었다. 해라 엄마는 파라솔을, 태민 아빠는 밀가루 포대를 무기로 가져왔다. 그러고는 금방이라도 달려들 자세를 취했다.

놀이터에는 정적이 감돌았다. 어른들과 아이들이 본부에 세워 놓은 깃발을 빼앗고 지키려고 마주 선 것이다. 팽팽한 긴장감에 서로 눈치만 살필 뿐 누구도 쉽게 나서지 못했다.

퍽!

　물풍선 하나가 바닥으로 떨어졌다. 미끄럼틀 본부에서 물풍선을 들고 있던 아이의 실수였다. 물풍선이 터지는 소리에 놀란 다른 아이가 콩알탄을 던져 버리고, 터지는 콩알탄에 놀란 개들이 컹컹 짖었다. 그 바람에 해라 엄마가 파라솔을 놓치고, 태민 아빠가 어깨에 지고 있던 밀가루 포대를 공중으로 쏟아 버렸다. 어른이고 아이고 모두 밀가루 범벅이 되었다. 아이들은 물풍선을 여기저기 던졌다. 물과 밀가루가 뒤섞여 질퍽하고 끈적거렸다.

　밀가루를 뒤집어쓴 윤아 할아버지의 얼굴이 일그러졌다.

"으아아!"

할아버지는 소리를 내지르며 손을 위아래로 흔들었다. 그러다 목청을 높여 "전우여!" 노래를 불렀다. 군대 시절을 떠올리자 할아버지의 가슴이 오랜만에 타올랐다.

밀가루를 뒤집어쓴 찢어진 청바지가 미끄럼틀 위로 올라갔다. 아이들은 청바지 다리를 붙들고 팔에 매달렸다. 어떤 아빠는 진흙 구덩이에 운동화가 빠졌고, 누구 엄마는 다리 사이를 달리는 생쥐에 놀라 파라솔을 휘둘렀다. 속눈썹이 긴 어른은 파라솔에 걸려 모래밭에 얼굴을 박았다. 아이고 어른이고, 서로 뒤엉켜 누가 누군지 알 수 없었다.

중요한 건 깃발이었다. 어느새 미끄럼틀 본부는 크고 작은 사람들로 꽉 찼다.

끼이익!

갑자기 미끄럼틀이 휘청거렸다. 많은 사람들이 오른 탓에 한쪽으로 기울어진 것이다.

"위험해!"

계단을 오르던 어른들이 옆으로 뛰어내렸다.

"움직이지 마! 가만히 있어!"

주변에 있던 어른들이 미끄럼틀 아래로 들어갔다. 손을 뻗어 받쳤지만, 무게를 견디긴 무리였다. 본부에 올라 있던 어른들도 뛰어내려 다 함께 미끄럼틀을 받쳤다. 누구 하나 손을 놓으면 미끄럼틀은 금방이라도 쓰러질 것 같았다.

"얘들아, 얼른 내려와!"

미끄럼틀을 받들고 선 어른들이 소리쳤다. 본부의 아이들은 가만히 보고만 있을 뿐이었다.

"빨리!"

다급한 어른들이 더 크게 소리쳤다.

"제발!"

어떤 어른은 울기 직전이었다. 미끄럼틀을 받치며 버티려니 땀이 뻘뻘 흘러내렸다. 꼭 벌을 서는 모습 같았다.

그때였다. 시후가 밟히고 깔려서 찌그러진 가방을 탁탁 털더니 어깨에 멨다.

"오늘의 놀이, 끝!"

시후는 미끄럼을 타고 내려오며 소리쳤다. 다른 아이들도 차례대로 쭈르르 내려왔다. 하나둘 자기 가방을 챙겨 들고 놀이터를 빠져나갔다. 물로 만든 경계선은 이미 한참 전에 말라 버려 이제는 보이지 않았다.

어른들은 두 손을 조심스럽게 내렸다.

후드득!

깃발이 바람에 펄럭였다. 나무 울타리로 둘러싸인 놀이터는 바람 소리가 들릴 정도로 조용했다. 거기에 아이들은 없었다.

기우뚱한 미끄럼틀 아래 몇몇 어른들이 쪼그려 앉아 소곤거렸다. 어른들은 말소리가 새어 나가지 못하게 머리를 단단히 맞대었다. 그렇지만 크크크 웃음소리가 새어 나가는 건 어쩔 수 없었다.

학교에 안 갔어

현수는 이불을 뒤집어썼다. 두툼한 이불 안에서도 따가운 시선이 느껴졌다. 엄마 손에는 물컵과 알약이 들려 있었다.

"김현수, 일어나. 영양제 먹어."

엄마는 이불 속 현수를 힘껏 째려보았다.

"너 어제 영어 학원 빠졌더라?"

이럴 땐 아무 대꾸도 하지 말아야 한다는 걸 현수는 알았다.

"엄마가 언제 놀지 말래? 놀아도 할 일은 해야지! 시험이 코앞이라며? 시험 준비는 다한 거야? 빨리 일어나. 영양제 먹으라고."

잔소리는 꼬리에 꼬리를 물었다. 엄마 발가락이 현수의 엉덩이를 툭 건드렸다. 현수는 이불 속에서 몸을 비틀어 대며 소리쳤다.

"나 학교 안 가!"

엄마는 손에 힘이 빠져 물컵을 놓칠 뻔했다. 또 학교를 안 간다
니. 컵 속에서 찰랑거리는 물을 확 부어 버리고 싶었다. 이불이야
좀 젖어도 말리면 그만이다. 언젠가 꼭 한번 부어 버리리라 다짐했
다. 엄마는 물을 한 모금 삼키고 마음을 애써 가라앉혔다.

　　"네가 한두 살 먹은 애니? 엄마도 회사 가려면 바빠."

　　엄마가 살짝 고개를 돌려 손목시계를 확인했다.

　　"그러니까 내가 알아서 할게."

　　현수가 반대편으로 돌아누웠다.

　　"어휴."

엄마는 물컵과 영양제를 책상 위에 탁 내려놓았다. 현수가 이럴 때마다 주름이 늘어 가는 것 같았다.

"일단 영양제 먹고, 학교 가서 네가 하고 싶은 대로 다 해."

엄마가 타이르듯 말했다.

"학교에서 어떻게 내 맘대로 해!"

현수가 발로 이불을 한번 튕기더니 새우처럼 몸을 말았다.

"혹시 학교에서 누가 널 괴롭히는 거야? 말해 봐. 엄마 속상하게 하지 말고."

엄마는 손바닥으로 현수의 등을 한 대 쳤다. 잠깐 펴졌던 등은 더 동그랗게 말렸다.

"그런 애 없어."

"그럼 뭐가 문젠데? 엄마가 학교로 찾아갈까?"

"엄맛!"

현수가 벌떡 일어났다. 학교에 찾아온다니, 정말 끔찍했다.

"지난번에 엄마가 와서 애들한테 한동안 놀림받았다고."

엄마는 눈을 돌리며 괜히 머리를 매만졌다.

"그냥 교장 선생님께 인사드리러 간 거야. 엄마가 아들 잘 부탁한다는 말도 못 하니?"

"아들을 자꾸 바보로 만들지 마."

"내가 누구 엄만지 애들이 어떻게 알아? 자, 영양제는 아침밥 먹기 전에 먹어야 효과가 좋대."

엄마가 책상에 놓았던 영양제를 챙겨 침대에 걸터앉았다.

"왜 몰라. 앞집 녀석 있잖아."

'아!' 하며 엄마의 입이 쩍 벌어졌다. 앞집 같은 반 영진이 생각이 난 것이다.

"현수야, 그래도 학교는 가야지. 어서 준비하자. 응?"

엄마가 현수의 등을 부드럽게 토닥였다.

"요즘 학교에서 유행하는 놀이가 뭔 줄 알아?"

"뭔데?"

"'학교에 안 갔어' 놀이."

"응? 학교에 안 갔어? 그게 무슨 놀이야?"

"영진이가 일주일 전에 학교에 안 왔어. 그날이 바로 문제의 날이야."

현수의 얼굴이 사뭇 진지해졌다.

"왜? 무슨 일이 있긴 있었구나."

"아파트 단지 앞 사거리 있잖아. 그날 거기서 영진이가 길을 건너는데, 사고가 났거든."

"뭐? 영진이가? 그런 얘기 못 들었는데? 어디 다친 거야?"

"영진이가 다친 게 아니라 사고가 난 걸 영진이가 옆에서 본 거야."

"다행이네. 근데 영진이가 왜 학교에 안 가?"

"사고가 난 차는 트럭인데, 고양이를 쳤나 봐."

"어이구, 어쩐다니……. 그래서 고양이가 다쳤어?"

"아니, 트럭이 뒤집혔어."

"고양이랑 트럭이 부딪혔는데…… 트럭이 뒤집혔다고?"

엄마는 놀란 표정을 지었다.

"트럭이 고양이를 발견하고 급회전을 하다가 뒤집힌 거지. 고양이는 넘어지는 트럭을 박차고 훌쩍 뛰어올라 공중 돌기를 했나 봐. 멋지게 한 바퀴를 돌고 바닥에 10점 만점 착지 성공! 그걸 본

영진이가 손뼉을 치면서 펄쩍펄쩍 뛰었대."

"그러니까, 그거랑 영진이가 학교에 안 간 거랑 무슨 상관이냐고."

"상관있지. 영진이가 꼭 해내고 싶은 게 있었거든. 철봉 돌기!"

"철봉 돌기? 요즘도 학교에서 그런 거 시켜? 그 위험한 걸 왜해? 애들 떨어져 다치면 어쩌려고."

엄마의 얼굴은 걱정으로 가득했다.

"매일 휴대전화랑 게임에 매달리고 성적에 매달리는데, 가끔 철

봉에 좀 매달리면 어때서?"

현수는 쉬지 않고 말을 이었다.

"암튼, 우리 반에서 철봉을 못 도는 아이가 딱 두 명 있어. 영진이가 그중에 한 명! 돌고 싶은데 잘 안 되니까 엄청 속상했나 봐. 근데 자기 앞에서 공중을 멋지게 도는 고양이를 봤으니 어떻게 학교에 오겠어. 영진이는 그날 온종일 그 고양이를 쫓아다녔대."

"그래서? 영진이가 고양이를 스승으로 모셔서 철봉 돌기를 막 자유롭게 휙휙 하고…… 뭐 그런다고 말하려는 거야, 지금?"

엄마가 한쪽 입술을 실룩거렸다.

"오! 어떻게 알았어? 영진이는 그 고양이를 스승으로 모시게 되었대. 며칠 동안 따라다니면서 열심히 훈련했나 봐."

"영양제 잘 챙겨 먹으면 고양이 스승 안 따라다녀도 팽팽 돌 수 있을 텐데."

엄마가 영양제를 요리조리 흔들어 보였다.

"진짜거든. 오늘이 그동안 훈련한 성과를 보여 주기로 한 날이야. 아파트 놀이터에서 축제를 여는 거지."

"놀이터에서? 학교에서 하면 되지. 영진이가 학교 가기 싫으니까 괜히 그러는 거구나?"

"아니, 고양이 스승이 학교를 안 좋아한대. 그래서 오늘은 나도 학교에 안 가려고."

허허! 엄마는 헛웃음을 지었다.

"김현수! 너 학교 가는 거랑 그게 무슨 상관인데?"

엄마가 일어나 허리에 손을 올리고 현수를 내려다봤다. 엄마 코에서 콧김이 쏟아졌다. 현수는 엄마 콧구멍이 이렇게 큰 줄 처음 알았다. 주춤 물러나 벽에 등을 기대고 앉았다.

"엄마, 회사 늦었다며? 회사 안 가?"

엄마가 힐끔 손목시계를 확인했다.

"아직 괜찮아. 너, 영양제부터 먹자. 네 몸에 꼭 필요한 것만 담은 거야."

"잠깐만, 엄마. 내 말 좀 더 들어 봐. 우리 반 윤이 알지? 있잖아, 고양이랑 대화하는 아이."

윤이는 늘 아파트 단지 여기저기를 다니며 고양이들에게 말을 걸고 뭔가를 노트에 적었다. 자기 말로는 고양이와 대화한 내용이라고 했다.

"윤이는 미래의 동물언어학자잖아. 이 기회에 고양이 스승을 만나 이야기를 나눠 보고 싶다면서 어제 학교에 안 왔어."

"그래, 그 핑계로 학교 빠지고 고양이 스승은 잘 만나셨대?"

"응. 오늘 놀이터 축제에 동물들도 올 텐데 동물언어학자 윤이가 빠질 수 없잖아. 그래서 윤이는 오늘도 학교 안 간대."

"어쨌거나 결론은 현수 너도 학교 가기 싫다, 이거지?"

에이구! 엄마는 답답한 듯 주먹으로 가슴을 두드렸다. 회사 일도 복잡한데 현수까지 말썽이었다. 머리가 지근거리며 아파 왔다.

"우리 반에 철봉 못 도는 애가 둘이라고 했지? 준수가 그중 하나거든. 영진이의 도전 소식에 준수가 깜짝 놀라더라고."

"그럴 만하지. 반에서 자기 혼자만 철봉을 못 돌면 얼마나 슬프겠니? 엄마도 어릴 적에 겪어 봐서 그 기분 알지."

"아니, 준수는 오히려 기쁘대. 영진이가 철봉을 돌면 이제 자기만 못하니까 반에서 하나뿐인 특별한 존재가 된다면서 막 자랑을 하고 다녔어. 그래서 오늘 영진이의 성공을 응원하려고 준수도 학교에 안 간대."

"흠……."

"나솔이도 알지? 우리 반 회장 말이야."

"그래. 또 무슨 핑계를 대는지 들어나 보자."

"걔가 놀이터 찾아다니면서 개인 방송을 하거든. 놀이터마다 재밌는 놀이기구를 소개해 주는 거야. 구독자가 1100명도 넘는다고. 우리 반 스타지. 나솔이가 학교 가느라 이 축제를 놓칠 수가 없잖아. 안 그렇습니까? 어머님."

"그건 그렇네요. 아드님."

"또 외계인이 꿈인 민지는 지구 아이들 축제를 잘 기록해 두어야 해서 학교에 못 간다고 했어."

"외계인이 꿈이라고?"

엄마는 창밖의 하늘을 보았다. 어릴 적 내 꿈은 뭐였더라? 까마득한 옛일처럼 꿈이 떠오르지 않았다.

"응. 민지는 우주여행을 다니다가 외계인을 만나고 싶대. 그러면 외계인한테 외계인이 되는 거지. 그리고 윤석이는 초식 공룡이 될 거라며 매일 풀만 먹어. 요즘 얼굴에 각질이 생겼다나, 서서히 공룡으로 변해 가고 있대. 그래서 아이들과 미리 작별 인사를 해야 하니까 학교에 안 간대."

"결론은 너희 반 아이들이 모두 학교에 안 가니까 너도 학교에 안 가겠다?"

"응."

"정신 차려! 걔들은 그냥 놀이터에서 놀고 싶은 거야. 이럴 땐 네가 잘 타일러야지. 학교는 꼭 가야 한다고. 말이 안 통하면 화도 내고 그러란 말이야. 널 무시하지 못하게."

"학교 밖에서도 배울 게 많아. 아이들이 하고 싶은 거 하는 게 최고의 공부야."

현수는 벌떡 침대에서 일어났다.

"나도 얼른 나갈래! 학교 밖에서 아이들이랑 놀거리를 직접 찾아볼 거야!"

현수는 책상 위에 있던 차 키를 들고 흔들었다. 엄마는 키가 180센티미터가 훌쩍 넘는 아들을 올려다보았다.

"현수야, 그래도 넌 학교에 가."

"왜? 우리 반에 아무도 없는데 나만 학교 가서 뭐 해?"

"아니, 너랑 애들이랑 같아?"

"다를 게 뭐 있어. 어른이나 애나 선생이나 학생이나 다 똑같지."

"김현수 선생님! 선생님이 학교에 안 가신다고요? 네?"

"선생님도 그러고 싶을 때가 있답니다, 어머님!"

엄마는 생각에 잠긴 듯 시선을 내리깔았다. 꿀꺽! 침을 삼키고 현수를 보며 말했다.

"좋아, 그럼 오늘 학교 가지 마. 그 대신 너도 놀이터로 가. 담임이 애들 내버려두면 안 되지. 애들한테 무슨 일 생기면 어떡해?"

"다들 자기 할 일은 알아서 잘할 거야. 난 우리 반 애들을 믿어. 엄마는 나 못 믿어?"

현수가 담담한 표정으로 물었다.

엄마는 고개를 돌렸다. '우리 아들 믿어!'라는 말이 안 나왔다. 손에 쥐고 있던 영양제를 슬그머니 바라보았다.

"참, 엄마. 교장 선생님한테는 벌써 얘기했어."

"뭐라시는데?"

"아이들 걱정은 말래. 교장 선생님은 오늘 곰이
될 거래."

"곰이 된다고?"

그때였다. 아파트 놀이터 쪽이 소란
스러워졌다. 현수가 엄마 손을 잡
아끌고 베란다로 향했다.

울타리 수풀 사이로 고양이들이 걸어 나오고, 아이들이 조잘조
잘 떠들며 하나둘 놀이터로 모여들었다. 영진이는 철봉에 매달려
몸을 풀었다. 그 앞에 검은 고양이가 바닥에 엎드려 냐옹냐옹 울
었다. 울음소리에 맞춰 영진이는 발을 들었다 났다 움직였다.

자전거 헬멧을 쓴 외계인이 우주에서 헤엄치듯 뛰어오고, 공룡
한 마리도 뒤뚱거리며 걸어왔다. 놀이터를 돌아다니며 열심히 촬
영하는 아이도 있었다. 아이들 주위를 커다란 곰이 서성거렸다.

신나는 축제가 시작되려 했다. 여기저기서 아이들의 웃음소리가 터져나오자 엄마 입가에도 슬그머니 미소가 지어졌다.

철봉에 매달려 애쓰는 영진이를 보며 엄마는 자신의 어린 시절이 떠올랐다. 해가 지고도 어두운 학교 운동장에 혼자 남아 철봉 돌기를 하던 기억. 열심히 노력했지만, 한 번을 돌지 못했다. 포기하고 지내던 어느 날, 별생각 없이 철봉에 매달렸는데 한 바퀴를 깔끔하게 돌았다. 지금 엄마의 회사 생활과 겹쳐졌다. 매일 매달려 있지만 회사 일은 잘 풀리지 않던 참이었다.

"나 엄청 배고파. 얼른 밥 먹자, 엄마!"

현수가 말했다.

"현수야, 밥 너 혼자 먹어."

엄마는 손에 든 영양제를 입안에 털어 넣었다.

"엄마, 회사는?"

"나 오늘 회사 안 가!"

현수가 멍한 표정으로 엄마를 쳐다보았다. 긴 한숨을 내쉬었다. 걱정이 아닌 마음을 놓는 한숨이었다.

"갑자기 왜 회사를 안 가? 엄마가 그러면 어떡해?"

"어른이나 애나, 선생이나 학생이나, 엄마나 자식이나 다 똑같거든. 지금껏 그러고 싶어도 그러지 못하고 살았답니다, 아드님."

엄마는 싱글싱글 웃음을 지었다. 머릿속으로 벌써 숲길을 달리고 있었다.

"우와아!"

놀이터가 시끄러워졌다. 영진이가 철봉 돌기를 성공한 걸까?

당고 할배와 시오 군

언제부터인가 식탁을 쓸 일이 없었다. 늘 거실 TV 앞에 앉아 밥을 먹었으니까. 시오는 식탁에 컵라면을 올리고 의자에 앉아 주방을 둘러보았다. 바짝 메마른 나무 도마와 먼지 내려앉은 조리 도구들. 주방에는 썰렁한 기운이 맴돌았다.

위이잉…….

오래된 냉장고만 시오에게 말을 거는 듯했다.

한 달 전, 엄마가 떠나 버렸다. 시오가 소중하다고 했던 건 말뿐이었을까.

"칫! 이렇게 다 두고 가면 좋은가?"

멀리 유학을 떠난 엄마를 생각하자 시오의 입이 툭 튀어나왔다. 컵라면 뚜껑을 열어 퉁명스럽게 면을 휘저었다.

띠디딕 띡띡.

현관문이 열리고 아빠가 들어왔다. 조금 이른 퇴근이었다.

"컵라면은 그만! 오늘은 수제비 해 먹자!"

아빠는 겉옷만 벗어던지고 재료를 꺼냈다.

"수제비는 간단하거든."

둥근 볼에 밀가루와 물을 붓고 힘껏 치대었다. 반죽이 녹은 치
즈처럼 아빠 손가락 사이로 흘러내렸다. 갈수록 반죽은 반 죽이
되었다. 수제비는 간단한 게 아니었다. 한 시간의 씨름 끝에, 김치

수제비 두 그릇이 식탁에 올랐다.

"잘 먹겠습니다."

시오가 먼저 한 숟갈 떠먹었다. 신기한 맛이었다. 국물은 맵고 짠데 건더기는 싱겁고 덜 익었다. 시오는 먹다 남긴 컵라면이 그리워졌다.

"그래, 아무래도 가사도우미가 필요하겠지……."

아빠가 중얼거렸다. 오늘따라 아빠의 볼이 더 쏙 들어가 보였다.

다음 날, 시오는 학교를 마치자마자 집으로 향했다. 뜨거운 날씨 탓에 땀방울이 줄줄 흘러내렸다.

"어!"

현관문을 열자 찬 기운이 훅 밀려 나왔다. 뭔가 이상했다. 시오는 문을 살짝 열어 둔 채 집 안을 살폈다. 아무도 없어야 할 집에 인기척이 느껴졌다. 주방 쪽을 살피던 시오의 눈에 낯선 사람이 들어왔다.

"누…… 누구……?"

핏기 없는 얼굴의 할아버지였다. 백발에 허리는 구부정, 헐렁한 흰 양복에 꽃무늬 앞치마를 두른 할아버지. 처진 눈꼬리 밑에 빨갛고 커다란 점이 눈에 띄었다. 하나가 아니라 두 개가 붙은 쌍점

이었다. 잘 익은 체리 열매처럼 보였다.

"여기 우리 집인데요?"

시오는 언제라도 도망칠 수 있도록 현관문 밖으로 오른발을 내놓았다.

"난 당고 할배라네."

당고? 외모와 어울리지 않는 달달한 사탕 같은 이름이었다.

"여기 주방 일을 좀 도우려 하네."

당고 할배 입에서 하얀 입김이 쏟아졌다. 한여름의 후덥지근한 날씨에 입김이라니? 시오는 손을 뒤로 더듬어 현관문을 조금 더 열었다. 침이 꿀꺽 넘어갔다.

문득 어젯밤 아빠가 가사도우미 얘기를 한 게 떠올랐다.

"혹시 우리 아빠가 불렀어요?"

"아빠라기보다는…… 엄마가 시오 군을 부탁했지."

"네? 우리 엄마를 아세요?"

시오는 엄마 얘기에 자신의 이름까지 나오자 깜짝 놀랐다.

"그럼, 아주 잘 알지. 자, 어서 손을 씻게. 할 일이 많네!"

당고 할배는 느리게 몸을 돌렸다. 한 발 한 발 처음 떼는 돌배기처럼 몹시 불안해 보였다.

시오는 얼른 방으로 들어가 아빠에게 전화했다. 혹시 몰라 방문을 잠그는 것도 잊지 않았다.

"아빠! 모르는 사람이 집에 있어."

"아, 가사도우미? 벌써 오셨어?"

"엉뚱한 할아버지가 왔어. 당고 할배라고, 엄마도 알고 내 이름
도 알아."

"당고 할배? 당고모부 말하는 거야?"

"당고모부? 그게 누구야?"

"이상하네. 당고모부는 작년에 돌아가셨는데……. 시오야, 아빠
가 서둘러 갈게."

돌아가신 분이라고? 시오의 등에 소름이 쫙 끼쳤다. 시오는 방
문을 살짝 열어 조심스럽게 밖을 살펴보았다. 당고 할배가 주방
벽에 등을 딱 붙이고 서 있었다. 거친 숨소리, 창백한 얼굴, 미라처
럼 비쩍 마른 몸에 걷는 모습도 좀비 같았다.

'작년에 돌아가셨는데……'라고 한 아빠의 말이 자꾸 떠올랐다.
그런데 무섭다기보다는 쓰러질까 봐 걱정되었다.

"괜……찮으세요?"

시오가 다가가 물었다.

"내가 오랜만에 걸어서 그렇다네. 숨 좀 돌렸더니 이제 괜찮네."

당고 할배가 다시 움직였다.

"자, 시오 군. 이리 와서 냉장고 좀 열어 보게나."

"네? 제……제가요?"

당고 할배의 손짓에 따라 시오가 주방으로 향했다. 냉장고 문을 여니 안은 거의 텅 비어 있었다.

"냉장고가 굶으면 가족들도 마찬가지네."

맨 아래 신선 칸에서 채소들이 흐물흐물 썩어 역한 냄새가 올라왔다.

"내가 냄새에 약하네……. 저거 좀 버려 줄 텐가?"

당고 할배는 코를 막고 시오를 올려다보았다.

'왜 내가 해요?' 시오가 눈을 동그랗게 떴다. '그럼 내가 하리?' 당고 할배가 눈썹을 끌어모았다. 시오는 마지못해 신선 칸에 손을 밀어 넣었다.

"으엑!"

썩어 물컹거리는 채소들을 음식물 쓰레기통에 넣자니 인상이 찌푸려졌다.

"행주로 냉장고 바닥도 좀 닦아야 하네."

당고 할배가 시키는 대로 버리고, 닦고, 정리하다 보니 이마에 땀방울이 맺혔다. 뭔가 억울했다. 평소였으면 대충 아무거나 먹고 소파에서 뒹굴뒹굴할 시간이었다. 시오는 괜히 짜증이 나서 냉장고 문을 세게 닫았다.

툭!

냉장고에 붙어 있던 열매 자석이 바닥에 떨어졌다. 시오는 자석을 주워 냉장고 맨 위에 아무렇게나 붙여 놓고, 할배를 살짝 째려

보았다. 당고 할배는 눈길을 피하더니 주머니를 뒤적였다.

"자, 이제 저녁상을 준비해 보세. 오늘은 구수한 된장찌개."

당고 할배가 쪽지를 꺼내 시오에게 내밀었다. 꼬깃꼬깃한 쪽지에 필요한 재료들이 적혀 있었다. 글씨체가 눈에 익었다.

"어, 이거 우리 엄마 글씨인데요?"

"냉장고에 붙어 있더군. 자, 기왕이면 엄마의 맛으로! 그럼 재료 사러 가세."

당고 할배는 팔을 앞뒤로 세차게 흔들며 걸었다.

"쉬익! 쉭! 쉭!"

입과 팔은 달리는데, 두 발은 거의 제자리걸음이었다. 주방에서 현관까지 가는 데도 한참 걸렸다. 장난하는 것 같지는 않았다. 당고 할배는 눈썹을 찡그리며 안간힘을 쓰고 있었다.

"……제가 혼자 갔다 올게요."

결국 장보기도 시오의 몫이 되었다.

동네 마트는 엄마와 함께 자주 오던 곳이다. 마트 안을 돌면서 쪽지에 적힌 식재료들을 찾아내었다. 쪽지에는 없지만 아빠가 좋아하는 콩나물이랑 시오가 좋아하는 과일, 음료수도 카트에 넣었다. 카트를 밀며 돌다 보니 엄마 생각이 났다. 물건 하나를 사도 이것저것 꼼꼼히 챙기던 엄마 모습이 눈에 선했다. 시오는 콩나물

봉지를 들고 엄마처럼 소비기한을 확인했다.

집으로 돌아가는 길, 시오는 양손에 든 무거운 장바구니 때문에 한숨이 푹푹 나왔다. 날도 더운데 쓸데없이 고생만 하는 것 같았다. 컵라면 하나면 뚝딱 해결될 일이었다.

"누가 도우미지?"

시오는 씩씩 거친 숨을 몰아쉬었다. 당고 할배는 도와주러 왔다면서 시켜 먹기만 했다. 시오는 집에 가면 이제 아무것도 안 하고 누워 있으리라 다짐했다.

막상 집 앞까지 오니 들어가는 게 망설여졌다. 현관문에 귀를 대고 인기척을 살폈다. 아무도 없는 듯 조용했다. 돌아갔나? 여기서 아빠가 올 때까지 기다릴까? 설마…… 당고 할배가 쓰러진 건 아니겠지? 갑자기 불안해졌다. 덜컥 문을 열고 들어갔다.

"뭐야!"

당고 할배가 주방 벽에 딱 붙어 서 있었다. 휘릭쉭쉭 코까지 골았다. 힘들면 누워서 쉬면 될 텐데. 시오는 조심조심 다가가 당고 할배의 얼굴을 가만히 살펴보았다.

"어, 점…… 빨간 점이?"

빨간 쌍점이 이마에 붙어 있었다. 분명 아까는 눈 밑에 있었는데? 가짜 점인가? 시오는 빨간 점을 향해 천천히 손가락을 뻗었다.

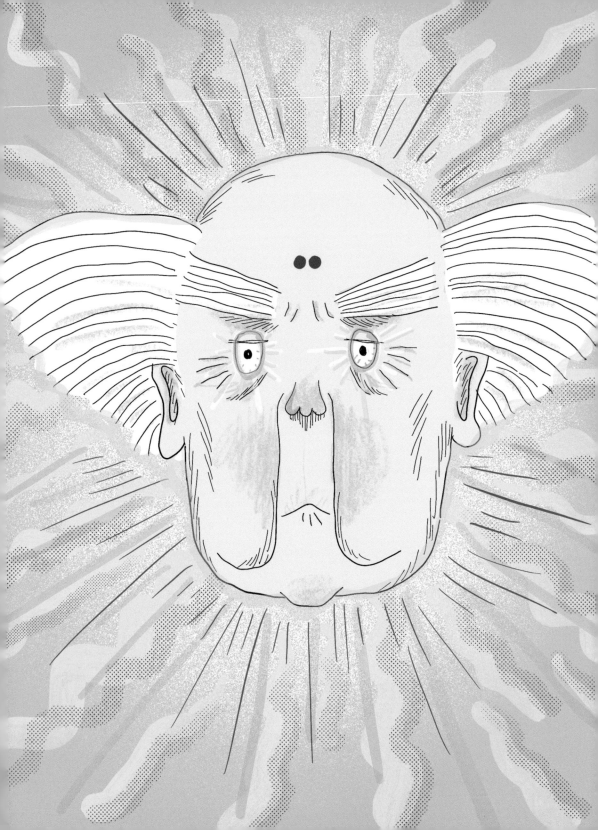

번쩍!

당고 할배가 눈을 뜨자 전등이 켜지듯 눈빛이 번쩍였다. 시오는 놀라서 엉덩방아를 찧고 말았다.

"시오 군, 수고했네. 사 온 건 일단 냉장고에 넣게."

아무 일 없는 듯 당고 할배가 말했다. 채소, 음료수, 과일 등 냉장고는 금세 음식들로 풍성해졌다. 냉장고가 가득 차니 시오도 기분이 괜찮아졌다.

"꺼어억!"

당고 할배가 커다란 소리로 트림을 했다. 시오가 얼굴을 찡그리며 쳐다보았다. 그새 뭘 먹었는지 당고 할배는 부른 배를 문지르기만 했다.

"시오 군, 이제 밥하기 놀이를 해 봅시다."

"네? 밥하는 게 무슨 놀이예요?"

"즐거우면 놀이지."

시오는 그건 아니라며 아랫입술을 삐죽 내밀었다.

"전 밥할 줄 몰라요."

당고 할배가 고개를 절레절레 저었다.

"밥을 만 번은 더 먹었을 텐데 한 번도 직접 해 볼 생각이 없었나?"

"전혀요. 앞으로도 안 할 거예요. 그러니까 이제부터 혼자 알아서 다 하세요."

기분이 상한 시오는 거실로 나와 소파에 앉았다. TV를 켰지만 눈은 자꾸 주방 쪽으로 돌아갔다.

"어?"

할배의 모습이 조금씩 달라지고 있었다. 비쩍 말랐던 몸이 점점 부풀었다. 헐렁했던 흰 양복이 빵빵해질 정도로 배도 튀어나왔다. 마치 눈사람 같았다. 사람 몸이 아닌 듯했다. 그렇다면 정말로 귀신? 돌아가셨다는 당고모부? 시오는 고개를 흔들었다.

쏴라락―

당고 할배가 쌀을 꺼내려다가 바닥에 쏟고 말았다.

"아깝다. 아까워."

할배는 중얼거리며 쌀을 주워 담았다. 풍선처럼 부푼 덩치는 잘 접히지도 않아서 한 톨 한 톨 줍는데 땀을 뻘뻘 흘렸다.

'이번에는 진짜 도와주지 않을 거야!'

시오는 모른 척 TV 볼륨을 높였지만, 끙끙거리는 당고 할배가 신경 쓰였다. 이대로는 답답해서 시오가 귀신이 될 것 같았다.

결국 쌀을 주워 담아 씻고 밥솥에 안치는 일도 시오가 했다.

"이제 물 끓이고, 채소 씻자."

당고 할배가 둥근 볼이 있는 찬장을 가리켰다. 할배는 이 집에 오래 살던 사람처럼 물건의 위치를 정확히 알고 있었다. 할배의 지시에 따라 시오는 처음으로 밥을 하고, 파와 양파를 다듬고, 감자와 애호박을 씻었다. 뚝배기에 물도 올렸다.

"칼질은 위험해. 내가 하겠네."

당고 할배가 드디어 직접 칼을 들었다. 중요한 수술을 하는 의사처럼 눈빛이 진지했다. 딱! 딱! 애호박에 코를 박고 칼질을 시작했다. 딱! 하고 쉬고, 또 딱! 하고 쉬고. 다 썰려면 밤을 새워야 할 것 같았다. 시오가 한숨을 푹 내쉬며 칼을 건네받았다.

딱! 딱! 딱!

시오도 처음 해 보는 칼질이었다. 어설픈 칼질도 하다 보니 속도가 붙었다. 따닥 딱딱! 리듬에 맞춰 몸이 움찔거렸다.

부우후훅!

그때 가스레인지 위 뚝배기에서 물이 끓어 넘쳤다. 시오는 얼른 손을 뻗어 뚜껑을 잡았다.

"앗! 뜨거."

시오는 손을 털어 대며 펄쩍펄쩍 뛰었다.

"조심해야지!"

당고 할배가 재빠르게 시오의 손을 품 안에 넣었다.

"앗!"

당고 할배의 품은 얼음처럼 찼다. 시오는 놀라서 손을 빼려 했지만, 할배가 꼭 쥐고 놓아주지 않았다. 욱신거리던 손이 조금씩 나아졌다. 시오는 고개를 들어 할배의 얼굴을 봤다. 울먹거리고 있었다.

당고 할배는 큰 그릇에다 물을 담더니 주머니에서 주섬주섬 뭔가를 꺼냈다. 옷소매를 흔들자 얼음덩어리들이 또로로로 쏟아졌다. 시오는 그릇에 손을 담갔다. 남아 있던 열기가 얼음물 속으로 빠져나갔다.

그제야 당고 할배가 마음을 놓고 긴 숨을 내쉬었다.

"덜렁거리는 건, 꼭 네 엄마를 닮았구나."

"우리 엄마도 손을 데고 그랬어요?"

"그럼, 자주 그랬지. 그래도 요리할 때면 늘 즐거워 보였어."

주방에서 요리를 하던 엄마 모습이 떠올랐다. 뭐가 그리 재밌는지 늘 웃고, 때로는 콧노래도 흥얼거리던 엄마였다.

"벌써 저녁 시간이 다 되었네. 이제 슬슬 마무리하자고."

당고 할배가 시오의 등을 토닥였다.

당고 할배는 동작이 느리고 어설펐지만, 지시하는 순서는 정확했다. 할배가 시키는 대로 육수가 우러난 뚝배기에 된장을 풀고

애호박을 넣었다. 푸쉬쉬! 밥솥이 힘차게 수증기를 뿜어내었다. 뚝배기에 콩나물까지 넣자 부글부글 맛있게 끓는 소리가 났다. 구수한 된장찌개 냄새가 가득했다. 잠자던 집이 깨어나고 있었다. 식탁을 차리는 동안 시오는 콧노래가 나왔다.

띠디딕 띡띡.

현관문이 열렸다.

"오, 이 냄새는……."

아빠가 코를 앞세우며 홀린 듯 주방으로 왔다.

"아빠, 이거 내가 만든 된장찌개야!"

"흐음! 우리 아들이 만든 거라고?"

아빠는 손도 씻지 않고 식탁에 앉아 숟가락부터 들었다.

"우와! 맛있네."

"정말? 밥도 먹어 봐! 진짜 내가 다 만든 거야."

시오는 아빠가 숟가락으로 밥을 푸자 그 위에 찌개 속 콩나물을 올려 주었다.

"어! 엄마가 늘 이랬는데……."

아빠가 멈칫하더니 밥 위에 올린 콩나물과 맞은편에 앉은 시오를 번갈아 보았다. 시오는 활짝 웃으며 고개를 끄덕였다. 아빠는 손을 살짝 떨면서 밥을 입안에 욱여넣었다.

"정말 맛있……다."

아빠는 고개를 숙인 채 오랫동안 우물우물 밥만 먹었다.

"시오야, 엄마가 우리 두고 유학 가서 미워?"

아빠가 말을 꺼냈다.

"사실 아빠가 더 원했어. 엄마가 좋아하는 요리를 더 공부했

으면 했거든."

시오는 아무 대답도 하지 못했다. 아빠는 시오의 머리를 쓰다듬고는 다시 밥을 먹었다.

"우리 시오도 요리에 재능이 있네."

아빠 말에 시오는 우쭐해졌다. 자기가 한 요리를 맛있게 먹어 주니 기분이 좋아졌다. 엄마도 이런 기분이었을까?

"아빠, 이게 다 당고 할배가…… 어!"

시오가 주위를 두리번거렸다. 그사이 당고 할배가 보이지 않았다. 안방과 베란다, 화장실까지 둘러보았지만 어디에도 없었다. 주방으로 돌아온 시오 눈에 냉장고에 붙은 열매 자석이 보였다. 붉은 열매가 꼭 당고 할배의 쌍점 같았다.

"설마?"

시오는 한 걸음 물러나 냉장고를 바라보았다.

위이잉 휘잉.

오래된 냉장고가 요란한 소리를 냈다. 시오는 냉장고를 보며 미소를 지었다.

다음 날 오전, 시오는 친구들을 만나러 나갔다. 아빠는 시오가 밝아져서 다행이라 생각했다. 친구들이랑 맛있는 거 사 먹으라고 용돈을 두둑이 주었다. 아빠도 오랜만에 혼자서 여유를 즐기고 싶었다. 소파에 벌러덩 드러누워, 휴대전화를 열었다. 밥통에 밥은 죽이 되어 버려서 배달 음식으로 끼니를 때울 생각이었다.

"일어난다, 실시!"

따끔한 소리에 아빠가 몸을 벌떡 일으켰다.

"누……누구세요?"

아빠 눈앞에 작고 동글동글한 할머니가 서 있었다.

"난 통할매다."

할매의 머리 꼭대기에서 하얀 김이 풀풀 뿜어져 나왔다. 마치 밥이 다 익은 밥솥 같았다.

"자네는 밥을 사만 번은 더 먹었을 텐데, 밥도 제대로 못 하나? 지금부터 고슬고슬 맛있게 밥하는 법부터 배운다, 알겠나!"

통할매의 까랑까랑한 목소리가 온 집 안에 울려 퍼졌다.

술래를 찾아라

1100은 급한 걸음으로 학교를 향했다. 1100은 개인 방송을 한다. 얼마 전 구독자 수 1100을 달성해 친구들이 부러워했다. 새벽까지 새로 제작할 방송 주제를 떠올리다 늦잠을 자 버렸다. 서둘러 집을 나서느라 화장실도 가지 못했다. 일단 교실에 가방을 벗어 두고, 얼른 볼일을 보러 갈 생각이었다.

'무슨 일이지?'

오늘따라 복도가 조용했다. 1100은 교실 문을 열고 왼발 오른발 번갈아 내딛다가 우뚝! 왼발을 든 채 그대로 멈춰 버렸다.

'이건 뭐야?'

누군가 바닥에 빨간 매직으로 X를 그어 놓았다. 다행히 선을 밟기 직전 멈춰 섰다.

'술래 찾기다!'

선을 밟으면 오늘의 술래가 된다. 눈치가 빠른 1100이 교실을 살폈다. 친구들이 시선을 피했다. 삐뚤삐뚤 덧칠한 X는 왠지 기분이 나빴다.

훌쩍! 1100은 여유롭게 빨간 선을 뛰어넘었다.

"아!"

교실에 아쉬운 탄식이 퍼졌다. 그제야 친구들은 1100과 눈을 맞추며 웃어 주었다. 1100은 빨간 선을 무사히 넘을 수 있었다. 1100은 아니지만, 오늘 누군가는 술래가 될 것이다.

"오, 재밌겠는데!"

1100은 서둘러 촬영 장비를 꺼냈다. 빨간 선이 잘 보이도록 삼각대를 조절해서 화면 구도를 잡았다. 화장실 가는 것도 까먹을 정도로 흥미로운 주제였다. 1100은 1500을 꿈꿨다.

복도에서 누군가 다가오는 소리가 들렸다. 서둘러 촬영 시작 버튼을 눌렀다.

"안녕!"

17은 팔을 높이 들고 손가락을 쫙 펼쳤다. 하얗고 기다란 손가락이 마치 부채 같았다. 17은 반에서 손이 제일 크다. 반 아이들 모두 손 길이를 쟀는데 17센티미터로 일 등이었다. 손이 큰 만큼 발도 컸다. 큰 신발을 신었으니 선을 밟을 확률이 높았다. 17은 아이들에게 인사를 하느라 바닥의 빨간 선을 보지 못했다. 17의 발이 빨간 선과 가까워질수록 교실엔 긴장감이 치솟았다. 17이 내민 발은 아슬아슬 빨간 선을 넘었다. 17은 자리에 앉고 나서야 빨간 선의 존재를 눈치챘다. 가슴을 쓸어내렸다.

조금 뒤, 9870이 들어왔다. 9870은 발이 네 개다. 영어와 수학은 기본이고, 레고와 마술까지 학원만 아홉 개에 다니는 9와 외국에 살다 온 토익 점수 870은 학교에서 늘 붙어 다니는 공식 커플이다. 눈꼴시어서 은근 9870이 술래가 되길 바라는 친구들이 제법 있었다.

9870은 서로 눈을 맞추며 걷느라 교실 바닥의 빨간 선을 볼 수 없었다. 아이들이 침을 꿀꺽 삼켰다. 9870의 두 발이 동시에 금을 밟을 것 같았다. 모두 그 순간을 놓치지 않으려고 목을 길게 뺐다. 선을 밟기 직전이었다.

"잠깐!"

누군가 9870을 불러 세웠다. 그들을 부른 건 의리의 사나이 105였다. 105는 야구 선수다. 공을 던지면 제일 빠른 기록이 시속 105킬로미터나 나오는 유망주였다. 105는 9870 사이로 끼어들더니 보란 듯이 빨간 선을 뛰어넘었다. 운동선수다운 민첩한 동작

이었다. 뒤늦게 빨간 선을 본 9870이 선 너머로 발을 디뎠다. 9870은 다행이라며 서로 어깨를 두드려 주었다. 그 모습을 보며 몇몇 아이는 입술을 삐죽였다.

105는 17 옆자리에 앉으며 한쪽 눈을 찡긋했다. 그 순간 17은 얼굴부터 손까지 전부 빨개졌다. 얼굴을 가렸지만, 기다란 손가락 사이로 105를 훔쳐보았다.

17105가 탄생할 날이 머지않았다. 17은 105가 술래가 되는 걸 볼 수 없었다. 그래서 빨간 선을 조심하라는 카톡을 보냈다. 카톡을 본 105가 9870까지 구해 준 것이다.

드르륵.

문이 열렸다. 교실 앞문이 아니라 교실 뒤편 유리 창문이었다. 아이들이 고개를 돌리자마자 창밖에서 가방이 날아들었다. 창문 위로 16745가 얼굴을 내밀었다. 16745는 창문을 가볍게 뛰어올라 교실로 들어왔다. 교실이 일 층이라 가능했다. 16745는 오늘도 운동장에서 줄넘기 5000번으로 500칼로리를 태웠다. 다리가 덜덜 떨리고 배에 살짝 경련이 일어났다. 얼굴은 땀으로 범벅되어 있었다. 목표인 167센티미터와 45킬로그램에 한발 다가간 기분이 들었다.

"이제 누가 남았지?"

교실을 둘러보던 아이들 눈에 빈 책상 두 개가 들어왔다. 한 책상에는 의자가 없다. 책상의 주인은 0이다. 0은 술래가 될 수 없는 아이다. '0은 빼자!' 말하지 않아도 아이들 사이에 규칙으로 자리 잡았다. 0을 빼면 남는 건 한 명뿐. 지난주 전학 온 아이, 8이다.

'아, 그 애!'

아이들은 각자 머릿속에 8의 모습을 떠올렸다. 유난히 팔이 긴 아이였다. 키는 컸나? 작았나? 얼굴은? 누구도 8의 모습을 또렷이 기억하지 못했다.

드르륵.

문이 열렸다. 커다란 볼캡을 쓴 아이가 문 앞에 섰다. 꾸부정한 자세 때문에 얼굴이 잘 보이지 않았지만, 8이라는 걸 알 수 있었다. 아이들은 빨간 선과 8을 번갈아 보았다.

"아앗!"

하필 스텝이 꼬이는 바
람에 8의 몸이 고꾸라졌다.
8은 그대로 빨간 선을 향해 쓰러
졌다. 이대로라면 술래는 8이다. 그런데,

쓱!

8이 긴 팔을 뻗어 손바닥으로 빨간 선 너머를 짚었다. 팔을 지
렛대처럼 이용해 뜀틀 넘는 동작을 하더니, 떼구루루 바닥을 한
번 구르고 포즈를 취했다. 체조처럼 멋진 연속 동작이었다. 모자
를 다시 눌러쓰는 8의 입꼬리가 살짝 실룩거렸다.

이제 교실에는 빈 의자가 없다. 맨 뒷자리 0의 책상 하나만 남

앉을 뿐. 아이들은 약속이라도 한 듯 동시에 한숨을 내쉬었다. 한숨 속에는 살아남았다는 기쁨도 들어 있었고, 술래를 찾지 못한 아쉬움도 들어 있었다.

그때였다.

"여러분, 안녕!"

길쭉한 다리가 교실 안으로 쑥 들어왔다.

'맞아. 186이 있었어!'

아이들이 빠르게 눈빛을 나눴다.

'선생님이 술래여도 돼?'

'안 될 건 없지. 재밌잖아.'

키가 186센티미터나 되는 술

래 후보의 등장에 교실은 설렘으로 웅성거렸다.

"오늘은 모두 학교에 왔구나!"

186은 미소를 지었다. 큰 발이 우지끈 바닥을 짓누르며 빨간 선으로 다가갔다. 아이들 눈이 빨간 선에 모였다. 186의 뒤꿈치가 먼저 바닥에 닿았고, 슬리퍼 밖으로 튀어나온 엄지발가락 끝이 빨간 선 위에 정확히 걸쳤다.

"찾았다!"

드디어 술래가 정해졌다. 거대한 술래의 등장에 교실은 흥분으로 들썩였다.

"왜? 무슨 일이야?"

186은 싸늘한 기분이 들었다. 분명 무슨 일이 벌어지고 있었다. 아이들은 자기들끼리 수군거리며 웃었다. 아이들 시선을 따라 바닥을 내려다보았다. 엄지발가락이 빨간 선을 밟고 있었다. 게다가 X라니!

'어떡하지?'

186은 슬그머니 엄지발가락을 오므렸다. 반 아이들이 하는 술래 찾기에 걸린 것이다.

"선을 지워요!"

누군가 낮게 외쳤다.

'그럴까?'

186은 모른 척 지워 버릴까 생각했다. 슬쩍 아이들 눈치를 살폈다. 큭큭 웃음을 참는 소리가 들렸다.

'아! 지워 버리면 끝이구나.'

선이 없어지면 다음 술래는 없었다. 186이 끝까지 술래였다. 깜빡 속을 뻔했다. 186은 술래 넘길 사람을 찾아야 했다. 교실을 둘러봤지만, 빈 의자는 없었다.

"느……늦어서 죄송합니다."

모두의 시선이 문 쪽으로 돌아갔다. 휠체어를 탄 0이다. 얼굴에 땀이 송골송골 맺혀 있다. 교실에 오기까지 휠체어로 넘어야 할 곳들이 많은 탓이다. 뭐가 그리 즐거운지 0은 웃는 얼굴로 교실에 들어섰다.

휠체어를 탄 채로는 선을 밟을 수밖에 없다. 선을 밟았던 186이 얼른 뒤로 물러나며 침을 꿀꺽 삼켰다.

'좀 더! 좀 더! 바퀴야 돌아라!'

끼릭 끼리릭!

휠체어 바퀴가 빨간 선 앞으로 천천히 굴러갔다.

"잠깐!"

1100이 손을 번쩍 들었다.

"0이 술래가 되는 건 화면에 별로인데."

1100이 팔짱을 끼며 말했다. 몇몇이 고개를 끄덕이며 휠체어를 들어 빨간 선 너머로 옮겨 주자고 말했다.

"나는 괜찮은데."

0이 말하며 휠체어를 앞으로 움직였다. 바퀴가 빨간 선을 지그시 눌러 밟았다.

"아아……."

여기저기서 탄식하는 소리가 들렸다.

"있잖아……."

0이 입술을 천천히 떼었다.

"오늘은 내가 술래 하면 안 돼?"

0이 또박또박 말을 이었다. 속으로 몇 번이나 연습했던 말이다.

"그래도……."

"이건 좀 불공평한 거 같은데."

"0은 안 밟을 수가 없잖아."

교실이 시끄러워졌다.

0은 옆에 선 186을 올려다보았다. 186은 쪼그려 앉아 0과 눈을 맞췄다.

"그래. 이건 공평한 놀이가 아니잖아."

0은 186의 눈을 피하지 않았다. 여기서 물러설 수 없었다.

"그럼 공평하게 만들면 되잖아요."

이번에는 아이들을 향해 말했다.

"규칙은 우리가 만드는 거잖아."

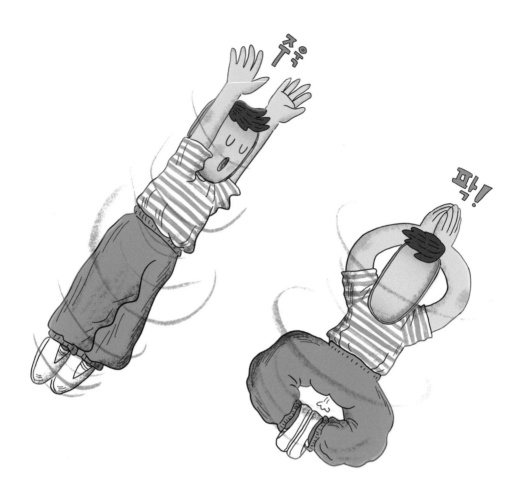

"규칙?"

"응. 공평한 규칙!"

갑자기 0이 휠체어에서 바닥으로 내려왔다.

그러고는 바닥을 떼구루루 굴렀다.

"이제부터 교실에서 움직이려면 굴러다녀야 해."

0은 동그란 공처럼 책상 사이를 제법 잘 굴러다녔다.

아이들 눈이 동그래졌다. 바닥을 구르는 0을 아무도 막지 않았다.

0은 교실을 한 바퀴 굴러 다시 휠체어 앞까지 돌아왔다. 0은 술래가 되었다.

한동안 교실에는 침묵만 흘렀다.

끼익!

의자가 뒤로 밀리는 소리가 들렸다.

1100이 다급하게 손을 들었다.

"나! 화……화장실……."

1100은 오줌보가 터질 것 같았다. 촬영하느라 잊고 있던 볼일이 긴장과 함께 찾아온 것이다. 일어선 1100은 망설였다. 구를지 그냥 걸을지 눈치를 살폈다.

그때 0이 떼구루루 1100 쪽으로 굴러왔다.

"으악!"

1100은 바닥을 구르며 도망쳤다. 0이 바로 뒤까지 쫓아왔다. 술래에게 잡히기 직전, 1100은 벌떡 일어나 교실 밖으로 나갈 수 있었다. 다행히 복도까진 쫓아오지 않았다. 1100은 다리를 오므리고 화장실을 향해 뛰었다.

쿠궁.

교실에서 또 누군가 굴렀다. 8이었다. 구르는 건 자기가 최고인데, 0에게 지고 싶지 않았다. 8이 도망치고 0이 뒤쫓았다.

"뭐야? 재밌겠는데?"

의리의 사나이 105가 8의 반대편으로 굴렀다. 0이 이번엔 105를 쫓았다. 17은 105를 혼자 둘 수 없었다. 17도 105의 반대편으로 굴렀다. 186도 구르고 싶었다.

'난 선생님인데 어쩌지? 뭐 어때. 재밌잖아!'

186이 커다란 원을 그리며 데굴 데구르르 바닥을 굴렀다. 모두가 0을 피해 바닥을 굴러다녔다. 0은 쫓고 아이들은 도망쳤다. 여기저기서 웃음이 터져 나왔다.

"지금 교실에서 뭐 하는 거예요?"

갈라지는 목소리와 함께 교실로 들어온 건 2였다. 학교 넘버 2 교감 선생님이다. 2는 인조 속눈썹을 파르르 떨며 교실을 둘러보았다. 치켜든 턱 때문에 바닥을 보지 못하고 걸음을 떼었다. 순간 교실은 얼어 버렸다.

또각.

2의 뾰족한 구두가 빨간 선을 밟기 직전이었다.

재우는 재우

띠디 띠딕! 띡!

재우는 이상한 소리에 놀라 눈을 떴다. 학원 수업 중에 깜박 졸고 말았다. 주위 눈치를 살피며 슬그머니 고개를 들었다. 하필 선생님과 눈이 마주쳤다. 재우는 얼른 시선을 돌렸다.

띠띠디 따각— 위이잉 윙 윙—

다시 재우 귓가에 알 수 없는 소리가 울렸다. 버튼 누르는 소리, 기계 돌아가는 소리 같은 것이 자꾸 들려왔다.

며칠 동안 잠을 제대로 못 잔 탓일까? 밤이 되면 졸린데 막상 자려고 하면 잠이 오지 않았다. 자글자글 모래가 굴러다니는 것처럼 머릿속이 간질거렸다. 엄마에게 말했더니 게임 좀 그만하라는 타박이 돌아왔다.

"이재우! 또 딴생각하지? 이 공식은 지금 잘 익혀 두어야 해. 뭐든 다 시기가 있어."

선생님이 재우를 향해 따가운 눈총을 보냈다. 여기저기서 아이들이 키득거렸다.

딩동 딩동댕.

수업 끝을 알리는 반가운 종소리였다. 뒤에서 선생님이 부르는 소리가 들렸지만, 재우는 못 들은 척 아이들 사이를 비집고 빠져나왔다.

재우는 몸이 찌뿌둥했다. 반쯤 감긴 눈으로 학원 건물을 나섰다. 기지개를 켜는데 진한 회색 먹구름들이 빠르게 흘러갔다. 금방이라도 비가 쏟아질 것 같았다.

"얼른 집에 가서 자야겠어."

재우는 침대를 떠올리며 걸음을 재촉했다. 푹 자고 나면 머릿속이 깨끗해질 것 같았다.

지금은 잠이 필요했다.

집에 오니 아무도 없었다. 재우는 운동화를 벗어 현관에 가지런히 놓았다.

투둑 툭! 두툭! 툭! 툭!

요란한 소리가 났다. 소리의 정체를 찾아 주위를 둘러보던 재우

눈에 운동화가 들어왔다. 투둑! 운동화가 혼자 들썩거렸다.

재우는 이마에 손을 대었다. 열은 없었다. 눈을 비비고 다시 봐도 운동화가 떼쓰는 아이처럼 동동거렸다.

"왜? 뭐…… 어떡하라고?"

재우는 운동화 한 짝을 발로 툭 건드려 넘어뜨렸다. 갑자기 조용해졌다. 나머지 한 짝이 다시 토닥였다. 툭! 마저 넘어뜨렸다. 운동화는 옆으로 눕더니 잠잠했다.

재우는 책상에 가방을 던져 놓고 침대 위로 쓰러졌다. 푹신한 이불이 기분 좋게 몸을 감싸 주었다. 무겁던 몸이 스르르 녹아내렸다. 재우는 점점 잠에 빠져들었다.

띠딕 띡 띡 띠띡.

또 귓가에 버튼 누르는 소리가 들렸다. 한순간에 잠은 멀리 달아났다. 재우는 손으로 귀를 막았다. 소리는 더 또렷해졌다. 이제 머리까지 지끈지끈 아파 왔다.

빵빵! 째깍째깍…….

창밖의 경적 소리와 시계 소리도 뒤섞여 들렸다. 베개를 뒤집어 쓰고 버텼다. 그러다 벌떡 일어나 앉았다.

"그래! 잠이 안 오면 안 자면 되는 거 아냐?"

재우는 잠과 맞서기로 했다. 휴대전화 게임을 켜자 눈이 번쩍 떠

졌다. 하지만 금방 머릿속이 간질거리면서 집중력이 흐려졌다. 책 읽기는 내키지 않았고, 다른 공부가 될 리도 없었다. 재우는 아무것도 할 수 없었다.

결국 잠에게 졌다. 그러나 잠은 오지 않았다. 그러면 잠에게 이긴 건가? 기분이 엉망진창이면 결국은 진 건가? 재우의 머릿속이 뱅글뱅글 돌았다.

띠링.

휴대전화가 울렸다. 화면에 메시지가 떴다.

― 제발 나부터 살려 줘.

재우는 발신자를 확인했다. 낯익은 번호였다.

"어!"

재우 번호로부터 온 메시지였다. 이게 가능한 일인가? 재우는 두 손으로 머리를 감쌌다. 띠링 소리와 함께 화면에 또다시 메시지가 떴다.

― 난 한 번도 못 쉰 네 전화기. 재우야, 나부터 좀 재워 줘.

재우는 멍하니 화면만 보았다. 생각해 보니 개통한 순간부터 한 번도 휴대전화 전원을 끈 적이 없었다. 좀 쉬게 해 줄까? 자고 싶은 간절함을 알기에 그냥 지나칠 수 없었다.

"알았어. 너라도 재워 줄게."

재우는 휴대전화 전원을 끄고 침대 머리맡에 누였다. 답답해 보이는 케이스도 벗겨 줬다. 왠지 편안해 보였다. 마침 책상 위의 손수건이 눈에 띄었다. 머리는 멈추라고 했지만, 손은 이미 손수건을 펼쳐 들고 있었다. 재우는 손수건을 이불처럼 휴대전화 위에 덮어 주었다. 답답할까 봐 윗부분은 살짝 접었다.

띠릭! 위이잉 윙.

이번에는 컴퓨터였다. 모니터가 파란 화면을 띄웠다. 화면 한가운데 작은 커서가 껌벅였다. 커서 위로 글자들이 하나씩 돋아났다.

— 나도 재워 줘. 우리 함께 달린 시간 3년 1개월 23시간 47분 26초.

이어서 책상 아래 본체가 끼익 꺽 퓌리리 힘겨운 소리를 냈다. 본체에 손을 대었더니 엄청난 열기가 느껴졌다. 전기 코드를 뽑고 본체를 바닥에 누였다. 모니터도 책상 위에 누였다. 재우의 행동에는 망설임이 없었다. 침대 위 얇은 이불까지 가져다 덮어 주었다.

투덕 타닥 툭툭 닥다다닥.

이제는 책과 교과서, 문제집들이었다. 책장에 꽂혀 있던 책 하나가 책들 사이를 비집고 나오더니 방바닥으로 떨어졌다. 펼쳐진 책장에 잠자는 아이가 그려져 있었다. 책들이 무슨 말을 하고 싶은지 알 것 같았다.

재우는 책장에 꽂힌 책들을 모두 꺼내 바닥에 눕혔다. 방바닥은 책들과 학용품들로 발 디딜 틈도 없었다.

재우의 방 안은 코 고는 소리로 가득했다.

"휴우."

재우는 마음이 편안해졌다. 다시 침대에 누웠다. 이대로 잠들면 종일 꿀잠을 잘 수 있을 것 같았다. 하지만 재우의 바람은 금방 무너졌다.

지지지지 삐—

이번에는 거실 TV 소리였다. 재우는 모른 척 버텼다. TV 소리가 점점 커졌다. 이러다 옆집에서 찾아올 것 같았다. 재우는 할 수 없이 일어나 거실로 나갔다. 리모컨을 찾아 TV를 껐다. 하지만 화면이 스스로 다시 켜졌다. TV는 자기 마음대로 채널을 바꿨다. 화면 속에 지친 모습의 동물들이 나왔다.

"뭐야?"

다시 채널이 바뀌며 잔잔한 음악과 함께 곤히 자는 사람들의 모습이 나왔다.

"너도 재워 달라는 거야?"

채널이 바뀌며 고개를 끄덕이는 나무가 나왔다. 재우는 뒤로 조금 물러나 TV를 쳐다보았다. 양팔을 벌려도 양쪽이 손에 닿지 않는 크기였다. TV를 바닥에 누이는 일은 만만치 않아 보였다.

재우는 손뼉을 치고 TV 앞에 섰다.

"좋아. 너도 한번 재워 보자."

팔을 적당히 벌리고 밑부분을 받쳐 들었다. 그나마 두께가 얇아서 다행이었다. 재우는 얼굴과 가슴에 TV를 밀착시켰다.

"으쌰!"

생각보다 무거워 휘청거렸다. 재우는 기울어지는 TV를 힘껏 껴안아 중심을 잡았다. 그대로 엉덩이를 바닥에 대고 몸을 뒤로 천천히 누였다. TV를 엎어 놓는 데는 간신히 성공했는데, 재우 몸이 거실 바닥과 TV 사이에 햄버거 패티처럼 끼고 말았다.

이대로 TV를 덮고 자 버릴까? 좀 답답하긴 했지만 참을 만했다. 재우는 슬그머니 눈을 감았다. 드디어 잠이 올 것 같았다.

허엉 컹 커헝.

가까운 곳에서 요란한 소리가 들렸다. 할아버지 기침 소리 같기도 했다. 재우는 TV 아래 누운 채 슬쩍 눈을 떴다. 누워서 올려다보니 냉장고 덩치가 더 커 보였다.

커허헝 키리리 끼릭.

냉장고 문이 저절로 열렸다 닫혔다. 재우 집에서 제일 오래된 전자제품이었다. 냉장고는 숨이 넘어갈 듯한 소리를 내며 자꾸 재우를 불러 대었다.

"넌 안 돼. 난 못 해."

재우는 냉장고를 향해 손을 저었다. 냉장고 밑에 깔리고 싶지는 않았다.

띠디딕 띡.

현관문 여는 소리가 들렸다. 재우는 얼른 TV 밑에서 빠져나가려 했지만, 이미 현관에 선 엄마와 눈이 마주쳤다. 엄마의 입이 쩌억 벌어졌다.

"재우야!"

엄마가 황급히 달려와 TV를 들어 올렸다. 재우는 꾸물꾸물 TV

밑에서 빠져나왔지만, 바닥에 계속 누워 있었다. 한쪽 신발은 채 벗지도 못한 엄마가 삐딱하게 서서 재우를 내려다보았다.

"이게 다 뭐야?"

엄마가 고개를 절레절레 흔들었다.

"너 학원에서도 딴생각하더니! 엄마가 그래도 학원 선생님인데 진짜 이럴 거야?"

"엄마, 나 잠이 안 와. 불면증인가 봐."

재우는 바닥을 뒹굴뒹굴했다.

"불면증? 그러게 너 게임 좀 적당히 하라고 그랬지?"

엄마가 쯧쯧 혀를 찼다.

"지금 당장 이거 치워!"

재우는 대답 없이 눈을 감고 반대로
돌아누웠다. 엄마의 따가운 시선이
등에 꽂히는 것 같았다.

할 수 없이 재우는 다시 일어나
앉았다. 재우는 오늘도 잠을 자긴
틀렸다고 생각했다.

투닥투닥 끽 끼익.

재우 귓가에 또 이상한 소리가 찾아왔다. 이번에는 집 밖에서 들려오는 소리였다. 재우를 찾는 소리였다. 재우는 천천히 일어나 화장실 가는 척하다가 현관문 밖으로 냅다 뛰었다.

"재우야."

엄마가 재우를 불렀다. 재우는 뒤도 돌아보지 않고 골목을 내달렸다. 엄마의 목소리가 골목에 울려 퍼졌다.

"재우야! 거기 서!"

"싫어!"

재우는 뭐가 싫은지도 몰랐다. 몸이 저절로 움직였다.

재우는 내리막을 달리다 삐끗 미끄러져 바닥을 뒹굴었다. 시멘트 바닥에 손바닥과 무릎이 까졌다. 넘어진 것도 오랜만이었다. 무릎에 피가 살짝 보였지만 참을 만했다. 재우는 상처를 손으로 쓱 문지르고 다시 달렸다.

"헉헉!"

숨이 턱까지 차올랐다. 엄마의 소리는 더 이상 들리지 않았다. 온전히 자신의 숨소리만 들렸다. 숨이 차올라 쓰러질 것 같은데, 그럴수록 재우는 기분이 좋아졌다.

끼이익 끼릭 끼익.

한참을 달리다 보니 어디선가 또 소리가 들려왔다. 재우는 소리가 이끄는 쪽으로 향했다.

나무로 둘러싸인 놀이터에 도착했다. 놀이기구들이 낡아서 아이들이 잘 찾지 않는 곳이었다. 나무 그늘 밑에 모자를 눌러쓴 할아버지가 앉아 있었다.

재우는 벤치로 가서 앉았다. 가쁜 숨이 조금씩 편안해졌다. 이제 잠을 잘 수 있을 것 같았다. 재우는 옆으로 쪼그려 누웠다. 놀이터 한가운데에 반쯤 기울어진 미끄럼틀이 보였다. 금방이라도 쓰러질 것 같았다. 미끄럼틀 주위에 들어오지 말라고 적힌 경고문이 걸려 있었다.

끼이 끼릭 끼익 끽.

소리의 정체는 미끄럼틀이었다. 재우는 미끄럼틀이 뭘 원하는지 알았다. 벤치에서 일어났다. 어렵겠지만, 미끄럼틀을 재워 주고 싶었다.

재우는 경고문을 지나쳐 미끄럼틀이 기울어진 방향의 반대편에 섰다. 두 손을 기둥에 대고 밀었다. 넘어가라! 미끄럼틀은 끄떡없었다. 혼자 힘으로는 어림없었지만, 멈추고 싶지 않았다.

"너, 뭐 해?"

두 아이가 옆에서 재우를 물끄러미 보고 있었다. 재우는 대답하지 않고 계속 미끄럼틀을 밀었다.

"으쌰! 으쌰!"

한 아이가 재우 옆에서 함께 미끄럼틀을 밀기 시작했다. 곧 다른 아이도 끼어들었다.

"쟤들 뭐 하나?"

놀이터를 지나던 아이들이 호기심에 다가왔다. 기웃기웃하면서 미끄럼틀 옆을 떠나지 않고 계속 맴돌았다.

"재밌겠다."

지켜보던 아이들도 함께 달라붙었다.

"으쌰! 으쌰!"

골목에 힘찬 함성이 울려
퍼졌다. 어느새 열 명 가까이
모였다. 미끄럼틀 기둥이 흔들
거렸다. 아이들은 힘든 표정
을 짓다가도 웃어 대었다.

절 대
들어가지
마시오!

미끄럼틀을 넘기는 놀이가 어디 만나기 쉬운가? 처음 해 보는 놀이에 모두 신이 났다.

"너희들 뭐 하는 거야?"

모두 동작을 멈추고 소리 나는 곳으로 고개를 돌렸다. 나무 그늘에 앉아 있던 모자 할아버지였다.

"미끄럼틀이 이제 그만 쉬고 싶다고 해서 재워 주려고요."

재우가 말했다. 할아버지는 눈썹을 찡그렸다.

"음……."

할아버지가 고개를 기웃거리더니 곧 들뜬 목소리로 말했다.

"그래! 위험하게 두는 것보다 그게 좋겠다. 그래도 이렇게 미는 건 위험해. 잠깐 기다려."

할아버지는 놀이터 밖으로 나가더니 금방 다시 나타났다.

"자, 이거!"

할아버지 손에 두꺼운 줄이 들려 있었다. 그 줄로 미끄럼틀을 묶었다. 재우와 아이들과 할아버지는 줄다리기하듯 줄에 매달렸다.

소식을 들은 아이들이 놀이터로 계속 모여들었다. 곧 스무 명이 넘는 아이들과 미끄럼틀의 줄다리기가 시작되었다.

"으쌰! 으쌰!"

함성이 우렁찼다. 미끄럼틀은 쓰러질 듯 말 듯했다.

재우 엄마는 아무 말 없이 놀이터 입구에서 재우를 바라봤다. 온몸으로 활짝 웃는 재우를 정말 오랜만에 보았다.

어느새 다른 어른들이 찾아와 아이들을 말렸다. 아이들은 멈추지 않았다.

"으쌰! 으쌰!"

말리던 어른들 중 몇몇이 대열에 끼어들었다. 어른과 아이들의 목소리가 하나로 합쳐졌다. 누군가 재우 뒤쪽에 바짝 붙어 섰다. 엄마였다. 엄마도 재우와 함께 구령에 맞춰 줄을 당겼다. 재우는 힘을 쓸수록 힘이 더 샘솟았다.

"넘어간다!"

요란한 소리와 함께 미끄럼틀이 쓰러졌다.

"우와아!"

동시에 모두 바닥에 대자로 드러누웠다. 숨을 고르는데 재우 얼굴에 무언가 떨어졌다.

툭 투둑.

'어! 비가 오고 있었네.'

빗줄기가 점점 굵어졌지만 비를 피하는 아이는 없었다. 드러누운 그대로 비를 맞았다.

토독 톡톡.

빗방울이 몸 여기저기 닿을 때마다 세포들이 꿈틀거리며 살아나는 것 같았다. 이렇게 비를 맞아 보기는 처음이었다. 입가에 미소가 지어졌다.

"뭐가 그리 좋아?"

온몸이 흠뻑 젖은 엄마가 재우를 내려다보았다. 엄마는 더 하려던 말을 침과 함께 꿀꺽 삼켜 버렸다. 그 대신 눈을 감고 하늘을 향해 천천히 손을 뻗었다.

엄마도 웃고 있었다.

"엄마, 나 진짜 졸려."

재우 눈이 스르르 감겨 왔다. 엄마가
재우를 등에 업었다. 엄마 등에 업히는
건 무척 오랜만이었다.

"냉장고도 재워 줘야 하는데……."

엄마 등에 볼을 비비며 재우가 중얼거
렸다. 재우는 집까지 아주 멀었으면 좋
겠다고 생각했다.

동영배 씨, 고개를 넘다

쉼 없이 걸어 올랐다. 뒤처진 할아버지가 허리를 구부린 채 가쁜 숨을 내쉬었다. 지팡이를 잡은 손이 덜덜 떨렸다. 준오는 할아버지 뒤로 되돌아왔다. 정상까지 오르려면 까마득했다.

"동영배 씨, 이제 다섯 번째 힌트를 줄게. 잘 듣고 정답을 맞혀야 해."

준오의 말에 할아버지가 고개를 뒤로 돌렸다.

"동영배 씨가 뭐야? 할아비한테."

"내 맘이거든."

준오가 아랫입술을 삐죽 내밀었다.

"자, 힌트 갑니다. 이건 요즘 문 뒤에 감춰 둬."

"문 뒤에 감춘다고? 부끄러운 건가? 부끄럽다고 감추고 그러면 더 부끄러운데.”

“부끄러운 거 아니야. 문을 열면 바로 이게 보여.”

할아버지는 갸웃거렸다.

“모르겠어? 그럼 바로 또 다음 힌트 줄게.”

준오는 잠시 생각에 잠겼다.

“동영배 씨, 여섯 번째 힌트 갑니다. 이게 집에 있으면 부자야.”

“부자? 문 뒤에 감추는 건 누가 훔쳐갈까 봐 그런 건가?”

“이게 집에 있으면 부자라고 동영배 씨가 나한테 말해 줬는데.”

“내가?”

할아버지는 한 발 한 발 오르던 발을 멈추고 숨을 몰아쉬었다.

“계속 갈 수 있겠어? 좀 쉬어 갈까?”

“괜찮다. 쉬긴 뭘 쉬어. 이쯤은 문제없어.”

“제게는 아직 문제가 있습니다. 동영배 씨, 힌트 던질 테니 잘 받으셔요.”

준오는 팔을 휘두르며 투수가 야구공 던지는 시늉을 했다.

“이놈아! 그냥 조용히 올라가자.”

할아버지는 못마땅하다는 듯 얼굴을 찡그렸다.

“안 돼! 정상까지 한참 남았잖아. 우린 거북이만큼 느리고 언제 도착할지도 모르는데, 심심하단 말이야.”

"늘 재밌게만 살 수 있나."

"재미가 없으면 만들면 되지. 그러니까 오늘은 퀴즈 놀이! 정상에 갈 때까지 못 맞히면 짜장면 사 주기다."

"짜장면? 그래, 그럼 내가 맞히면 넌 할아비한테 뭘 해 줄 건데?"

"내가 뭘 해 줄까?"

"되었다. 꼬맹이가 뭘 해 준다고."

"나 꼬맹이 아니거든. 이제는 키도 동영배 씨보다 더 크거든요."

"아이고, 네 키가 천장에 닿아도 넌 영원히 꼬맹이다."

준오가 옆으로 다가와 키를 비교했다. 할아버지는 슬쩍 뒤꿈치를 들고 허리를 폈다.

"자, 꼬맹이가 일곱 번째 힌트를 보냅니다. 이건 늘 길을 막고 서 있어."

"길을 막고 서 있다고? 에구, 막아서도 갈 사람은 다 뿌리치고 가

더……."

할아버지는 말을 끊고, 준오의 눈치를
살폈다. 괜한 말을 했다 싶었다.

"엄마 얘기하는 거야? 그게 언제 적
일이야. 이제 난 아무렇지도 않거든요."

준오는 발을 구르며 먼 곳을 바라
봤다.

"우리 준오 다 컸네. 근데 길을 막
는다니, 나쁜 사람이구먼."

"사람 아닌데."

"그럼 뭐야? 자동차인가? 집?"

"다 아닌데."

"에구, 모르겠다. 퀴즈 놀인지 뭔지 난 인제 그만두련다."

"여기서 포기하면 짜장면에 탕수육 추가요."

할아버지가 장난스러운 표정으로 준오를 쳐다보았다.

"허허. 내가 또 그렇게는 못 하지."

"손자한테 짜장면 하나 사 주기 아까운가?"

"그래, 싫다. 까짓것 해 보자. 일곱 번째 고개? 어디 한번 넘어 보자고."

할아버지는 돌덩이처럼 무거운 발을 떼었다. 순간 올라가던 중인지 내려가던 중인지 헷갈렸다. 준오가 떠밀지 않았으면 도로 내려갈 뻔했다. 정신을 차리려고 고개를 세차게 흔들었다.

"일곱 번째가 아니라 여덟 번째입니다!"

"알았습니다. 어서 문제 주시죠."

"자, 그럼 동영배 씨, 여덟 번째 힌트 나갑니다. 이건 누구한테는 아주 높은데 누구한테는 낮아요."

"흠……. 높든 낮든 적당히 맞추는 법도 알아야 하는데. 자기가 보던 대로만 보면 세상은 절대 변하지 않거든."

할아버지는 한 발을 더 옮겼다. 준오도 뒤에서 보조를 맞추었다.

"딴말만 할 거야? 정답은 안 맞혀?"

"도무지 모르겠는데 어찌 맞혀."

"그러니까 잘 들어 봐. 이제 아홉 번째입니다. 이건 54—15야!"

"아이고, 이번에는 숫자여? 수학은 진짜 싫은데."

할아버지는 무릎이 아픈지 계속 다리만 풀었다.

"동영배 씨, 다리 말고 문제를 풀어 주세요. 설마 이렇게 간단한 계산도 안 되는 건 아니지? 이제부터 머리를 더 써 줘야 해."

"준오야, 지금 할배는 머리가 아니라 다리를 쓸 때거든. 내 나이 되면 한 번에 두 가지는 힘들어."

할아버지는 눈을 치켜뜨며 숫자를 중얼대기 시작했다.

"오십에서 열을 빼고……."

할아버지는 손가락을 폈다 접었다 하더니 헷갈리는지 얼굴이 빨개졌다. 준오는 자기도 모르게 손톱을 깨물었다. 요즘 할아버지는 뭐든 자주 까먹고는 했다.

"애도 아니고 손톱을 깨물고 그러냐!"

할아버지가 지팡이로 준오의 팔을 툭 쳤다. 그리고 도망치듯 세 걸음을 올랐다. 준오가 쫓아오자 한 걸음 더 올랐다.

"동영배 씨, 숫자 답도 못 찾았어?"

준오가 재촉했다.

"37."

할아버지가 무심하게 내뱉었다.

"음…… 숫자 답은 맞았다 치고, 그 숫자가 가리키는 게 뭔지 진짜 정답을 찾아야 해."

"진짜 정답은 또 뭐야? 에구, 몰라. 모르겠어."

할아버지가 허공에 손을 휘젓다가 중심을 잃었다. 준오는 뒤에 바짝 붙어 팔을 잡아 줬다. 휘청거리는 할아버지가 불안했다.

"열 번째 힌트! 이건 길을 막고 서 있는데, 움직이기도 합니다."

"움직인다고? 길을 막아선 호랑이인가?"

"에이, 요즘 세상에 무슨 호랑이가 길을 막아."

"내가 옛날에 산에서 나무하다가 호랑이를 만났지. 그때 도끼가 썩는 줄도 모르고 호랑이랑 바둑 두었던 얘기 해 줄까?"

"아니!"

준오가 단호하게 잘랐다. 할아버지가 입을 삐죽 내밀었다.

"지금 이 속도면 동영배 씨 지팡이가 먼저 썩을 판이야."

"동영배 씨? 할아비한테 동영배 씨가 뭐여? 동 영자 배자라 불러라, 이놈아!"

"손자한테 이놈 저놈이 뭡니까? 전 이준오, 이 씨 집안 귀한 자식입니다."

"에구, 한마디도 안 지려고……."

그때였다. 뒤에서 사람들이 우글우글 몰려왔다. 갑자기 달리기

대회라도 열린 것처럼 사람들은 더 빨리 가려고 뛰어올랐다.

"비상! 비상!"

준오가 소리치며 할아버지 앞을 막아섰다. 우르르 밀려온 사람들이 옆을 스쳐 지나갔다. 긴 행렬은 순식간에 사라졌다. 파도가 쓸고 간 것처럼 주위가 조용해졌다. 준오와 할아버지는 꼭 붙어서 한동안 꼼짝도 하지 않았다.

"세상은 참 바쁘구나."

신음 소리와 함께 할아버지가 바닥에 주저앉았다.

"천천히 숨도 돌리고, 사람 구경도 하면서 올라가자."

할아버지는 준오와 눈을 맞추더니 옆자리를 손으로 두드렸다. 준오가 옆에 쪼그려 앉았다. 사실 서두를 필요는 없었다. 바쁜 사

람들 틈에서 덩달아 마음이 급했을 뿐이었다.

"동영배 씨, 이제 열한 번째 힌트 갑니다. 이건 산에는 있고 바다에는 없어. 아, 우리 학교에는 있어."

"음……. 산이랑 학교에 있다고? 학교에 뭐가 있더라. 운동장? 참, 산에는 없나? 아니지, 산을 깎아서 운동장을 만들기도 하니까. 그러고 보니 운동장을 달려 본 지가 언제였나? 한창때 웬만한 산은 훌쩍 날아다녔는데. 허허허."

할아버지가 중얼거리며 정상을 올려다보았다.

"동영배 씨, 진짜 정답은 안 맞힐 건가요?"

"아, 맞혀야지. 근데 힌트가 뭐였지? 문 뒤에다 감추기도 하고, 이게 있으면 부자라고 했던가?"

"길을 막고 서 있고, 움직이기도 해. 산이랑 학교에는 있는데 바다랑 강에는 없어. 이것은 뭘까요?"

"정답이 몇 글자인지만 알려 줘."

"동영배 씨, 그럼 열두 번째랑 열세 번째 힌트가 함께 나갑니다. 정답은 두 글자! 그리고 학교에서 이건 6학년이 제일 많이 가지고 있어."

"두 글자면서 6학년이 제일 많이 가지고 있는 거라. 음, 그게 뭘까? 살아 있는 건가?"

"살아 있는 건 아니고, 사람이 만드는 거야."

"사람이 만들어? 문 뒤에 감추고, 이게 집에 있으면 부자라고……. 혹시 돈? 아, 두 글자니까……. 용돈인가? 1학년보다 6학년 형들이 훨씬 많이 받잖아? 용돈이네!"

"땡! 틀렸습니다. 동영배 씨, 이제 틀릴 때마다 두 걸음씩 움직이기."

준오가 벌떡 일어나 할아버지에게 손을 내밀었다. 둘은 다시 정상을 향해 오르기 시작했다.

"동영배 씨, 정답 맞히면 원하는 거 다 해 줄게."

"자꾸 할배 이름 부를래?"

"동영배 씨가 어때서?"

기세 좋게 따지던 준오의 얼굴이 곧 어두워졌다.

"할아버지, 아까 의사 선생님 앞에서 자기 이름도 까먹었잖아. 내가 얼마나 놀랐는지 알아? 동영배 씨! 앞으로 계속 이름 부를 거야. 선생님이 할아버지한테 자꾸 질문도 하랬어."

"그건 잠깐 당황해서 그랬던 거야. 걱정 마라."

"자꾸 머리를 써야 해. 그러니까 답을 맞혀 보라고."

"그래. 앞으로 정신 바짝 차리마."

할아버지는 허리를 펴고 차렷 자세를 취했다. 준오가 씨익 웃었다.

"이제 몇 번째지? 열여섯 번째인가? 이건 나무로도 만들고 돌로도 만들어. 때로는 철로도."

"나무랑 돌로 만든다고? 나무나 돌이나 사람이나 나중에는 다 흙이 되지. 근데 도시에서는 도통 흙을 밟아 볼 수가 없어."

할아버지가 불만스럽게 지팡이로 바닥을 내리쳤다. 딱! 딱! 바닥에서 경쾌한 소리가 울렸다.

"동영배 씨, 열일곱 번째 힌트는 54—27입니다."

"숫자풀이는 아까도 했잖아. 아이고, 허리야."

할아버지가 손으로 허리를 받치고 위를 올려다보았다. 까만 먼지가 가득 쌓인 시멘트 천장이 보였다. 중심을 잃고 몸을 휘청이는 할아버지를 준오가 뒤에서 잡아 주었다.

"제발 조심해. 답 모르겠어? 딱 반이잖아. 우리도 올라온 것과 올라가야 할 곳의 딱 중간에 있다고."

"딱 반이 정답이라고?"

할아버지는 눈을 껌벅이며 준오를 쳐다보았다.

"응. 어디의 반인지 생각해 봐. 이제 다 와 갑니다. 열여덟 번째 고개입니다. 이걸 만나면 동영배 씨가 늘 나를 업어 줬지요."

"내가 널 업어 줬어? 어디서?"

"바로 그 어디서가 정답이라고. 일단 업으면 단숨에 정상까지 올라갔어. 잘 생각해 봐. 여기서 우리 가위바위보 놀이도 했었는데."

"가위바위보? 중국집에서 마지막 남은 만두 먹기?"

"아이참, 먹는 거 말고."

그때 또 우르르 사람들이 몰려왔다. 한꺼번에 울리는 발걸음 진동이 괴물 울음소리 같았다. 바쁘게 오르는 사람들을 바라보던 준오가 할아버지에게 시선을 옮겼다. 할아버지는 두세 걸음 오를 때마다 멈춰 서서 숨을 골랐다. 얼마 전까지만 해도 힘차게 걸었었는데. 할아버지가 하루아침에 진짜 할아버지가 되어 버렸다. 마음이 철렁 내려앉는 기분에 준오는 가슴을 손으로 꾹 눌렀다.

"허허, 그새 반이나 올라왔네. 퀴즈인지 뭔지 하면서 오니까 힘든 줄도 모르고 왔어."

할아버지를 따라 준오도 미소 지었다.

"아이고, 어르신!"

정상에서 누군가 소리치며 다급하게 뛰어 내려왔다.

"정말 죄송합니다. 승강기가 고장 나서 불편하셨죠?"

역무원이 무전기를 셔츠 주머니에 넣으며 말했다.

"어르신, 제가 정상까지 업어 드릴게요."

덩치 큰 역무원이 할아버지 앞에 등을 내밀고 쪼그려 앉았다.

"아닙니다. 괜찮습니다."

할아버지가 곤란한 표정을 지었다.

"아저씨, 우리 할아버지는 제가 업을게요. 뒤에서 좀 도와주실 래요?"

준오가 나섰다.

"네가?"

역무원이 걱정스러운 눈빛으로 준오를 살펴봤다.

"되었다. 나 혼자서도 올라갈 수 있어. 아직 끄떡없다고."

"동영배 씨, 얼른 업혀! 반 정도 올라오니까 나도 자신감이 생겼어."

준오가 할아버지 앞에 등을 내밀고 고집을 부렸다. 할아버지는 예전에 준오를 업어 주었던 기억을 떠올렸다. 자신의 등에 얼굴을 기대던 어린 준오를 생각하자 저절로 미소가 지어졌다.

할아버지는 조용히 준오 등에 업혔다.

"이얏차!"

준오가 할아버지를 업고 몸을 일으켰다. 할아버지의 몸은 작고 가벼웠다. 으쌰! 준오는 어깨를 한번 들썩여 자세를 바로잡았다.

"우리 손주가 운동 선수인 거 모르죠? 공이 얼마나 빠른지…….
구속이 얼마였더라? 아무튼 나중에 유명한 선수가 될 테니……."

할아버지가 역무원에게 자랑을 늘어놓았다. 준오는 다시 등을 들썩였다. 가벼웠다.

할아버지가 작아진 만큼 준오가 자랐다. 누가 앞장서든 계속 함께 가면 된다고 준오는 생각했다.

준오가 천천히 한 발을 앞으로 옮겼다. 역무원이 뒤에서 손을 받쳐 주며 따라왔다.

"자, 마지막 힌트 나갑니다! 앞으로 이걸 만나면 내가 동영배 씨를 업어 준다. 정답은 뭘까요? 다 오를 때까지 못 맞히면 짜장면에 탕수육."

할아버지가 재잘거리는 준오의 등에 얼굴을 기대었다.

준오는 정답을 조심조심 밟아 올랐다.